Sonya
ソーニャ文庫

# 竜王の恋

月城うさぎ



イースト・プレス

contents

# プロローグ

――これは、なに？

満月の光を一身に浴びて、全体がうっすらと光っている。突如として現れた壁が艶《つや》やかな鱗《うろこ》に覆われているのに気づき、そこで初めて、目の前のものがなんらかの生き物であることがわかった。見上げると、大きな口と鼻、鋭い目があり、角が生えていた。

遠い昔、この国の建国に深く関わったとされている、竜という生き物に似ている。神話に出てくる美しく獰猛《どうもう》な生き物。

セレスティーンはあまりの驚きに声を失っていた。

金色に光る竜の双眸が、ゆっくりとセレスティーンに向けられる。

セレスティーンは、月の化身であるかのような目の前の竜とは真逆の色を持っている。闇夜に溶けるような黒髪に、星空を凝縮させたようなラピスラズリの瞳。群青《ぐんじょう》に金粉が散りばめられたような瞳は、星の煌《きら》めきが閉じ込められたかのようだった。

その大きな丸い目は、驚愕に見開かれたまま白銀の竜から視線を逸らせずにいる。

セレスティーンはその場から逃げることもできず立ちすくんでいた。先に動いたのは竜だった。大きな前脚でセレスティーンの身体を摑むと、翼を広げて羽ばたいた。

抵抗すれば、拘束《こうそく》される力が強まった。まるで拘束具で身体中をきつく締め付けられているかのようだ。

耳をつんざくような風の音とともに急激に寒さが襲ってくる。それを肌で感じながら、セレスティーンは意識を手放した。

# 第一章

――頭が痛い。

爽快《そうかい》とは言いがたい目覚めに、セレスティーンは眉をひそめた。

泣き腫《は》らした翌日のように瞼《まぶた》が重く、身体も怠《だる》い。身じろぎをするだけで、頭は鈍《にぶ》い痛みに襲われる。

喉《のど》が渇《かわ》いた。水が欲しい。

昨夜はなにがあったんだっけ？

記憶を遡《さかのぼ》ろうとするが、それを阻《はば》むかのように、頭にズキンッとした痛みが走る。口から思わず呻《うめ》き声が零《こぼ》れた。

「今何時だろう……」

あたりはまだ暗い。夜明け前なのか夜更《よふ》けなのかもわからない。いつも規則正しい生活を送っているのに、体内時計が狂ったのだろうか。

そう考えたところで、違和感に気づく。

シーツと寝台の感触が、寝慣れた寝具と違っている。

重い瞼を押し上げて、ぼやけていた焦点が定まった瞬間、セレスティーンは勢いよく上半身を起こした。

「……っ！」

途端、全身が筋肉痛のような痛みを訴える。何故なのかはまったく覚えがないが、今はそれどころではない。

天蓋《てんがい》付きの寝台。その天蓋からはたっぷりとした布が垂れ下がり、正面の僅かな隙間から光が漏れていた。

どうやら大人が三人は寝られる、広々とした寝台の中央に寝かされていたようだ。自分の姿を見下ろして、セレスティーンは顔を歪《ゆが》めた。

見知らぬ寝台に見覚えのないネグリジェ。着替えた覚えもなければ、この場所に来た記憶もない。

「……ここはどこ？」

ようやく出た声は掠《かす》れていた。僅かに咳《せ》き込む。渇いた喉には潤《うるお》いも足りていない。

寝台のシーツと同じように真っ白なネグリジェは、レースやフリルがふんだんにあしらわれた少女らしいものだった。動きやすい機能的な服を好む自分が選んだとは考えにくく、困惑する。

慎重に寝台を下りて、素足のまま毛の長いカーペットの上を歩く。窓へ向かい、カーテンを開く。自室の数倍の広さがある部屋の大きさにも驚いたが、それよりも目を瞠《みは》ったのが窓の外だ。

目の前には広大な空。そして遥か下に、緑に覆われた山々が見える。

セレスティーンは声を失った。山を見下ろせるということは、ここの標高は山よりも高いということだ。

頑丈《がんじょう》な造りの窓は暖気を逃がさないためかガラスが二重に嵌《は》められており、容易に開けられそうにない。

「どういうこと……？」

自分の身に一体なにが起こったのか。記憶を探ろうとすると、鈍い痛みがすかさず襲ってくる。

わかるのは、ここが自分の育った故郷ではないこと。この場にどうやって来たのかわからないこと。恐らく誰かが自分を攫《さら》い、着替えさせて寝台に寝かせたのだろうということ。

一体なんのために？　目的など見当がつかない。

多少の筋肉痛や頭痛はあるが、身体に凌辱《りょうじょく》の痕跡《こんせき》がないことに安堵した。

しばらく窓の外を眺めていたが、すぐに思考を切り替える。

——早くここから逃げないと。

日が沈む前までに、なんとしてでもこの場を離れなければ。家族が心配しているだろう。

この屋敷を所有しているのが相当裕福な人間だということはわかる。質のいい調度品が置かれた広々とした部屋。恐らく貴族の屋敷に違いない。

貴族の屋敷、と考えセレスティーンの背筋がぶるりと震えた。

権力者と深く関わってはいけないというのが、村の決まりだ。

そのような人間とは二度と関わらないようにするため、セレスティーンの一族は国境付近の山間の村に暮らしており、大抵はその村で一生を終える。セレスティーンもそのひとりだと考えていた。

「クルゼの村はどこだろう？」

自分たちが山菜や薬草を採りに行く山を上から見下ろしたことなどないから、どのあたりなのかわからない。そもそもここは、自分が育った国とも違うかもしれない。

心許ないネグリジェ姿で素足のまま部屋を出るのは少し躊躇《ためら》われたが、室内には靴もショールもないようだ。セレスティーンは、仕方なくそのままの姿でこの部屋にある唯一の扉を開いた。

その先にあるのは通路だと思っていたが、別の部屋になっていた。

部屋の中央にある豪奢な長椅子に座る人物を見て、扉の取っ手を摑んだままセレスティーンは硬直する。驚きと恐怖からドクンと心臓が跳ねた。

「――目を覚ましたか」

低くお腹に響く声。冷ややかで少し艶を含んでいる。

月の光を一滴混ぜたような白銀の長い髪。見る者を魅了《みりょう》する神々しい金の瞳。左右対称の完璧な美。

セレスティーンは神の化身と見紛《みまが》う絶世の美貌《びぼう》を見て、声をなくした。一見中性的な外見だが、低い声から男性だとわかる。

まっすぐに見つめてくる金色の瞳から視線が逸らせない。本能的な恐怖と少しの好奇心、その美の化身に魅入られたかのようだった。

その目を見ていると、セレスティーンの頭に断片的な記憶が蘇《よみがえ》る。

「白銀の竜……」

闇夜に降り立った白銀の竜。妖しく美しい獰猛な目は覚えがあった。

夢のような記憶だ。竜という生き物など、神話の世界にしか出てこない。だが何故か、目の前の人物が昨夜出会った竜なのだと確信を持てた。

――私、この竜に連れ去られたんだ……。

全身の筋肉痛は、竜の前脚に摑まれて運ばれたからだ。そう考えると普段使わない筋肉が悲鳴を上げていることに納得がいった。

自給自足の生活を送っているセレスティーンは貴族の令嬢よりよっぽど体力があると思っているが、それでもこの全身の筋肉痛が消えるにはしばらくかかりそうだ。

扉の取っ手を摑んだまま、セレスティーンは入り口付近で立ち尽くす。驚きすぎて先ほどの部屋に戻ることも逃げることもできないでいた。

そんな彼女を無表情に眺めながら、男は気だるげに立ち上がった。

「番《つがい》の娘、名はなんと申す」

「え？」

……この男は名前も知らない人間を攫ってきたのか――。

番というのがなにかはわからないが、ふつふつとした怒りがセレスティーンの胸の奥から湧き上がった。

セレスティーンは衝動のまま言葉を返す。

「どなたかは存じませんが、人に名前を尋ねる前に自分が名乗るのが礼儀では？　人攫いさん」

「……人攫い？」

男は言われた言葉の意味を反芻《はんすう》するように呟いた。作り物めいた端整な顔に僅かな苛立《いらだ》ちが浮かぶ。

だが一、二度瞬きをすると、また無表情に戻った。

「我に名を名乗れと申すか。いい度胸だ、娘」

随分と不遜《ふそん》な男だと、セレスティーンは思った。

しかし、そもそも神話の世界の生き物は、人間の常識など知らないだろう。竜の世界では名前など必要ないのかもしれない。

「名か……。己の名を名乗るのは数百年ぶりで正式には覚えておらぬが」

男が独り言のように呟き、ドキッとする。

数百年という年数は聞き間違いではない。見た目が二十代後半でも、実年齢は人間の寿《じゅ》命《みょう》を軽く超えているということだ。

男は優雅に歩み寄ってきた。長身のため歩幅が広い。あっという間にセレスティーンとの距離が縮まった。

扉の横で立ちすくむ自分を、男は正面から見下ろしてくる。

金色に光る双眸が、セレスティーンの瞳を射貫《いぬ》いた。

「……デアヴェルデ・ガルシア。我の名の一部だ。今思い出せるのはこれだけだ」

名前が思い出せないほど、長い年月を誰にも呼ばれずに過ごしていたということだろうか。それを考えると少し寂しいような気持ちにさせられたが、そんなことはどうでもいいと思い直す。

この男は自分を攫ってきた。同情心など芽生えさせるべきではない。

「名はなんと申す」

二度目の問いに、セレスティーンは口を開く。

「……セレスティーン・クルゼよ。お望み通り名乗ったわ。私を村に帰して」

「大人しそうな見た目に反し、存外気が強い……。だが、その気の強さは悪くない」

ガルシアと名乗った男は抑揚《よくよう》のない声で淡々と呟いた。至近距離で見ると男の目の瞳孔《どうこう》は細長く見える。

人の形をした人ではない男。

彼の大きな手は自分の手首など容易《たやす》く折ることができそうだ。その彼の手が届く範囲に自分がいることに、セレスティーンは本能的に恐れを抱いた。ガルシアの視線に気圧《けお》され後ずさりをした瞬間、懸念していた通り手首を握られる。

「っ！　なに……」

「夜の色を纏《まと》う娘……賢者の一族か」

至近距離から目を覗き込まれる。吐息が交わりそうな近さだ。

美貌の男に手首を拘束されたまま口づけられるほど顔を近づけられて、異性を知らないセレスティーンは息を呑《の》んだ。

だが、すぐさまその目に力をこめて睨《にら》み返す。流されてはいけないと、本能が警告していた。

「いいえ、クルゼはとうの昔に王家に追放され、今ではあなたもご存じの通りひっそりと集落を作って暮らしているわ」

クルゼの一族は、かつてイルキシア王国の王家を支える七賢者に数えられていた。だがおよそ百年前、時の王に疎《うと》まれ、その称号を剝奪《はくだつ》された。

以来、クルゼは俗世と関わらず辺境の地で集落を築き、自給自足の生活を送っている。国境付近の山間は、めったに外部から人が来ない。静かで暮らしやすく、誰にも干渉されない自由な生活をセレスティーンは不満に思っていない。

「夜空の星を閉じ込めた瞳は紛うことなきクルゼの証。星読みの一族だったか」

自分の名前は忘れるくせに、随分と詳しい。

セレスティーンは皮肉にも似た微笑をうっすらと浮かべてみせた。これ以上は踏み込ませないという意思をこめて。

「ここはどこ。早く私を村に帰して」

「ここは代々の竜王が住まう我の城だ」

竜王――。

尊大な口調と彼の高貴な様子から位の高い人物かもしれないと思っていたが、まさか彼が竜王で、この屋敷が彼の城だとは思わなかった。

どうやら自分はとても厄介な問題に巻き込まれている。竜は、人よりも長い時を生き、人知を超えた力を持つ神話上の生き物として知られているが、詳細は誰も知らない。人の前に姿を現すことがないからだ。自分も夢を見ているのではないかと思っている。

その一族を束ねる王がこの男だというなら、自分は一体なんの目的で攫われてきたのか。

セレスティーンの「村へ帰して」という要求に、ガルシアは表情も変えず淡々と答える。

「そなたを我の番としてこの城に攫ってきた。竜は一度見つけた番を手放すことはない。諦めて、この城での暮らしを受け入れろ」

それは、とうてい受け入れられることではなかった。

「そんなの……、嫌。嫌に決まってるわ。いきなりここに連れて来てこの城で暮らせって……。村に帰して、大事な家族が待ってるの！」

竜王の手を摑み、セレスティーンは懇願した。なにも言わずに姿を消したのだ。家族が心配していないはずがない。

クルゼの一族は結束力が強く、人情に厚い人たちばかりだ。きっと自分が見つかるまで探し続けることだろう。セレスティーンにとって、村人全員が家族だ。彼らを想うと胸が苦しい。

ふと、ガルシアの黄金色の瞳が僅かに揺れた気がした。セレスティーンの気迫に圧されたのかと思ったが、すぐに錯覚《さっかく》だと考え直す。目の前の男の顔からはなんの感情も伝わってこない。瞳の奥は無機質な彫像《ちょうぞう》のように冷えていた。

動揺も罪悪感も滲《にじ》ませない彼の口から出た言葉は、少々変わったものだった。

「そなたは我の番。我の糧《かて》となるのが務めだ」

「……え？」

――番として糧となる？

どういう意味なのかわからない。

渇いた喉に唾《つば》を流し込み、確認する。

「……糧となるってどういう意味？　私、食べられちゃうの？」

「……ああ、人間の言葉では『食す』という意味もあるのか。食すこともあるかもしれんが、精を与えるという意味だ」

精を与える。未婚のセレスティーンにはその意味が漠然《ばくぜん》としかわからない。

この竜王はどうも言葉が足りないようだ。名前を忘れるほど長い時間をひとりで生きてきたからなのかもしれない。

「あの……精を与えるってどういうこと？」

なんとなく気恥ずかしい気持ちを覚えながら、セレスティーンはその意味を尋ねた。

「我の番は随分初心《ずいぶんうぶ》だな」

無表情だが、声に呆れが混ざっている。子どもっぽいと言われていることに気づき、セレスティーンは少しムッとした。

「失礼ね。私はもう成人しているわ」

セレスティーンは先月で十八歳になった。国の基準でも立派に成人を迎えている。もっとも、クルゼは十六から大人として扱われるので、自分が子どもという意識はすでにない。

――あなたにとっては八十を過ぎた長老だって子どもなんでしょうけど。

種族が違うのだから感覚は人それぞれだろう。

ガルシアは少し面倒くさそうに言葉を紡《つむ》ぐ。

「……我々竜族は、人が食す物を必要としない。清らかな水と植物の精気を摂取《せっしゅ》する。だが番を見つけた竜は番から精を得る。――こうやって」

腰を強く引き寄せられる。一瞬の出来事だった。

セレスティーンの唇に冷たく柔《やわ》らかなものが押し付けられていた。

「……っ！」

黄金色の瞳と視線がぶつかる。

美しい宝石のような双眸は、人の瞳孔とは少し異なるのだ、と暢気《のんき》なことを考えるばかりで、なにが起こっているのか理解するまで数秒かかった。

「……ンッ!?」

ぬるりとしたものが唇の隙間に入り込んだ。口を閉ざそうとしても、頬に当てられた手がそれを阻む。ミシリと顎の骨が痛み、セレスティーンは抵抗を緩めた。

――嫌……ッ。

これは愛を交わすための口づけではない。

肉厚な舌に口内を蹂躙《じゅうりん》されて、セレスティーンは小さく身震いした。

嫌悪感ではない。本能的な恐怖が背筋を這《は》いあがる。自分は、捕食者に食べられる非力な存在なのだと思い知らされた。

唾液も啜《すす》られ、身体の自由を奪われ、セレスティーンの瞳にうっすらと膜《まく》が張った。

ぼやける視界の先で、ガルシアがゆっくりと離れていく。摑まれていた顎がじんじんと痺《しび》れている。その痛みが、これが悪夢ではないことを実感させた。

「なるほど、甘露《かんろ》のようだとは聞いていたが……忌々《いまいま》しいものだな」

散々好き勝手貪った後に呟かれた無礼な言葉が、セレスティーンの心に火をつけた。

バシンッ――。

乾いた音が室内に響く。一拍遅れて掌《てのひら》がジンジンと痛んだ。

白磁の陶器のような左頬に赤みが差した。爪も当たったらしく、うっすらとひっかき傷もついている。そのことで、目の前の作り物めいた存在が人形ではないのだと証明されてしまった。

「なにをする」

抑揚のない冷たい声に、セレスティーンの背筋に緊張が走った。

衝動のまま叩いてしまった。初めて他人に暴力をふるった手が痛みとともに熱を帯びる。だが目の前の男は、何故叩かれたのか理解できていないようだった。

痛みが残る右手をギュッと握りしめる。なにを考えているのかまったくわからない竜族の王に、セレスティーンは告げた。

「私は悪くないわ。許可なく乙女の唇を奪った罰よ」

初めてだったのはこの際忘れよう。

キスの感触が生々しく残る唇を手の甲でグイッと拭う。

神々しい美貌はひっかき傷がついたくらいでは損なわれない。そしてその顔は先ほどと変わらず無表情だ。

ひっぱたいたぐらいでは、感情どころか表情すら動かすことができないのだ。あまりにも人と隔《へだ》たりのある存在を前にして、自分の無力さを思い知らされる。

――この男は、私なんて、殺そうと思えばいつでも殺せるんだわ。

脳裏に浮かぶのは、昨夜の出来事。大きな白銀の竜と対峙したときに感じた本能的な畏怖。同時に、抗いがたい強い魅力に惹きつけられた。

まっすぐに睨みつけるが、なにをされるかわからない緊張感は消え去らない。

「そうか、精を与えるのが嫌、ということか」

ガルシアの口角がゆっくりと上がり、唇が弧を描く。しかしながら目の奥までは笑っていない。冷笑ともとれる笑みだ。

「私を家族のもとへ帰して」

「ならば賭《か》けをするか。そんなに帰りたければ出口を探してみればよい。外に出られたら望みを叶えてやろう。だが賭けに応じなければ、今からここで我に強引に貪られる」

「賭けの内容を変更して。そんなの応じられないわ」

「今のそなたになにができる？　我が精を得る以上の満足を、そなたは与えられるか？　望みの対価がそう容易いものでは張り合いがなかろう」

「……っ」

確かに身ひとつでこの場所に連れてこられたので、セレスティーンはなにも持っていない。そもそも、なにか持ってきたとしてもクルゼに伝わる薬草の知識やイルキシア王国の歴史の裏話など、人より長く生きている竜王にはなんの面白みもないだろう。

唯一の珍しい特技である星読みだって、羅針盤《らしんばん》がなければできない。人よりも遥かに自然と共に生きている竜族のほうが、星を読むことも未来を予知することも日常的にしていそうだ。

――私、なにも持っていないわ……。

望みの対価がそう簡単に渡せるものではないというガルシアの言い分は、悔しいが呑まざるを得ない。たとえこの城に無理やり攫われたのだとしても、願いを叶えてくれる相手は竜王しかいないのだ。

「確かに私はなにも持っていないけど、そんなの納得できないわ」

「できぬなら一生このままこの城で、我の番として囚われていればいい。衣食住の心配はない」

「なにを言ってるの……。そもそも、番として囚われていればいいって一体なにをさせるつもりなの？　番とはなんなの？」

ただこの城に滞在すればいいだけのはずがない。

「番は半身だ。己の片割れとも呼べる存在。対となる者が合わさることで精神も肉体も魂も均衡《きんこう》が保たれる。光は影を生み、影は光がなければ生まれぬ。故に番は世の理《ことわり》そのもの。離れることは赦《ゆる》されぬ」

「……意味がわからないわ」

生きてきた年数の違い以前の問題だ。見ているものが違いすぎて理解が追いつかない。

そもそも何故竜王の番が自分なのだ。勝手に番に選ばれても、セレスティーン自身は生まれてから今までそんな自覚がまったくない。

だがその主張は無駄だろう。何故なら彼がセレスティーンを番だと信じているからだ。

「意味がわからなくとも、そなたは番だ。我も番など忌々しいと思うが、本能に逆らうことはできぬ。だから、逃げたければ逃げろと言っている。我を殺して城の主になるのでもよいぞ。その気がないのなら、我と交わり精を与えよ。番とはそういうものだ」

「交わり精をって……」

セレスティーンの顔がみるみる赤くなる。直接的な言葉の意味を正しく理解した。口づけだけではなく身体を差し出せと要求されている。受け入れられるわけがない。

「むちゃくちゃだわ……そんなの納得できるわけがない」

セレスティーンは眉間をギュッと寄せた。あんまりだ。突然愛する家族と自由を奪われたあげく、純潔も奪われるだなんて。

「断ったら……」

「我の賭けに乗る以外にそなたに希望はない」

「……そんなの……っ」

なんとなくしか知らない行為だが、それを行えば子どもができる可能性に気づいた。竜と人間の間に子どもができるかはわからない。だが妊娠するかもしれないということに、セレスティーンの顔が青ざめる。

「妊娠したらどうするの」

産めばいいと言うのだろうか。味方もいないこの城で愛してもいない男の子どもを育てるなんて想像するだけで身体が震えてくる。

ガルシアは淡々と「問題ない」と答えた。

「竜族は互いが強く望まぬ限り子を授かることはない。出生率も極めて低い。人との間にも子は生まれるが、そなたが望まぬ限り授からぬ」

「竜族の番が人間というのは珍しくないの？」

「珍しくはないが多くもない」

ひとまず、子どもは自分が望まない限り授からないと聞き、安堵の息を吐いた。この男の子どもが欲しいと思うことなどありえない。妊娠しないからといって割り切れるものではないが、先ほどより恐怖は薄まった。

「他に質問はないようだな。この場で応じぬのなら、賭けの話自体なかったことにするが」

「待って！」

なかったことにされたら、僅かな望みも消えてしまう。それは困る。

――こんな得体の知れない男と交わるなんて受け入れられない。だけど、この機会を失ったら部屋から出ることもできないかも……。

キュッと唇をきつく結ぶ。理性と感情を切り離して考えなければ、最善の道を選べなくなる。

「……賭けの期限は？」

「特にない」

「妨害《ぼうがい》は？」

「そのような面倒なことはせぬ」

竜王は静観《せいかん》するのみ。助けることもしないが、出て行くのを邪魔することもない。

出口を見つけ次第セレスティーンは解放され、望みが叶えられる。だがこの城に滞在する間は、竜王の番として彼の糧になる。

生々しく蠢《うごめ》く舌の感触が蘇り衝動的に強く唇を拭いたくなる。けれど……。

――それしか道がないのならば受けざるを得ない。

生きて家族のもとへ帰る。それが一番の望みだ。

――純潔を失って嫁《とつ》げるかはわからないけど、それでも私は村に帰りたい。

幸い許嫁《いいなずけ》もいなければ結婚の約束をしている相手もいない。あたたかい家族とずっと暮らせればそれでいい。

「……わかった。賭けに応じます」

この城がどれだけ広大なのかはわからない。だが彷徨《さまよ》っているうちに必ず出口は見つかるはずだ。

「よかろう。必要なものがあれば申し出るがよい」

意外な言葉にセレスティーンは目をぱちくりさせた後、己の恰好が素足にネグリジェであることを思い出した。異性の前に出ていい恰好ではない。

うっすらと頬が赤くなる。恥ずかしさなんて邪魔なだけだ。早く忘れたい。

竜王に、ここに来るときに着ていたはずの自分の服と靴を要求した。村ではいつも動きやすく機能的な、チュニックとズボンという姿だった。

だがそれらが返されることはなく、用意されたのは、胸の下で切り替えのある丈の長いドレスとブーツ。

何故か身体にぴったり合うそれらを苦々しく思いつつ、セレスティーンの脱出劇が幕を開けた。

◇◇◇

日はまだ高い。夜の帳《とばり》が下りるまで時間があることに、まずは少し安堵した。

「早く城の全体像を把握して出口を探さないと」

足首まで覆うドレスは余計な膨《ふく》らみがないので動きやすいが、村では見たこともない上質な生地に気後《きおく》れする。

セレスティーンは一族を束ねる長《おさ》の娘だが、王侯貴族が纏うドレスなど縁がない。

「必要なものがあれば用意してくれると言っていたけど、なにが必要かもわからないわ」

だが、未開の密林を歩くわけでもない。きちんと手入れがされている城の内部を探検するのに、危険なこともないはずだ。

ましてやこの城での身分は、セレスティーンは認めていないものの、竜王の番。竜王の特別な人間という身分があれば、この城で危害を加えられる可能性は低いだろう。

だから今はとにかく先に進むべきだと考えて、セレスティーンは先ほどまで滞在していた部屋からできるだけ遠く、そして下の階を目指すことにした。

「ここが何階かわからないけど、ようは下りる階段を見つければいいのよ」

どこまでも続く長い回廊を早足で歩く。等間隔にある扉はすべて白く、精緻《せいち》な細工が施されている。

天井付近にあるアーチ形の窓には、見たこともない色とりどりのガラスがはめ込まれていた。植物が描かれており、芸術性が高いことがわかる。繊細な造りのガラスを通して差し込む光は柔らかい。

「それにしても長い。先が見えないわ……」

初めて履いたブーツは、思いがけず歩きやすかったが、しばらく歩いても行き止まりがない。曲がる通路も階段すらも見つからず、疲れを感じ始めていた。

立ち止まり、後ろを振り返ると、先が見えないほどまっすぐに通路が伸びていた。自分がどの部屋から出てきたのかもわからない。

シン、とした静寂《せいじゃく》。歩みを止めた回廊で聞こえる音は己の心音と呼吸音しかない。

――妙だわ。この城はなにかおかしい。

先ほどの部屋から少しでも早く離れたくて、考えなしにずんずん歩いてきてしまったが、まっすぐにも程がある。

ましてやこんなにも広い城であるのなら、管理するのに人の手が入らないはずがないのに――。

「……人の気配がない」

白い壁に囲まれた空間を意識すると、広々とした回廊であるにもかかわらず、圧迫感を覚えた。

このまま白い空間に閉じ込められてしまいそうだ。そんな嫌な予感にぶるりと身体を震わせた。その想像を払いのけるように、セレスティーンは首を左右に振る。

「この城に使用人がいないなんてありえないわ。普通、王様の周りには大勢の官吏や大臣がいるはずでしょう。誰ともすれ違わず、物音すらしないなんて、そんなこと……」

やはりどう考えても違和感が拭えない。現実味があまりにもなさすぎだ。

誰かの部屋かと思い遠慮して開けずにいた白い扉のひとつを選んだ。セレスティーンの背丈の倍はありそうな扉だが、取っ手の位置はありがたいことに手が届く位置にあった。少し上に位置している取っ手を摑み、右へ回す。

カチリ、と金属音がしたのを確認しながら、ゆっくりと分厚い扉を開く。

中を覗き込むと、そこには上へ続く階段があった。

「え？　階段？」

日の光が差し込む明るい回廊とは違い、その扉の中は薄暗く埃《ほこり》っぽい。長い間換気がなされていない独特な臭いがして、埃を吸い込むと、鼻がむずっと反応した。

「くしゅんッ」

小さくくしゃみをし、扉の取っ手を摑んでいた手を放した。

重い音を立てて扉が閉まる。もう一度開けようと取っ手を回すが、今度は左にしか回らない。

訝《いぶか》しく思いながらも慎重に扉を開く。すると、そこにあったのはダークブラウンの手すりのついたらせん状の階段だった。先ほどとは違い、その階段は下に続いている。

「……どうなってるの？」

取っ手を右に回せば上へ、左に回せば下へ続く階段が現れた。他の扉も同じようになっているのかはわからないが、他を試すためにこの扉を閉めてしまうのも躊躇う。

——一度閉まった後、取っ手は右に回らなくなったし次は扉が開かないかもしれない。

そんな馬鹿な、と思うこともこの城では常識なのかもしれない。神話の世界の竜が住まう城だ。どんな不思議があったとしてもおかしくはないのだ。

——この階段を無視して違う扉を試すか、中へ入って、階段を下りるか。

この後も運よく下への階段が見つかるとは限らない。

ならば、とセレスティーンは足を前へ踏み出した。

背後の扉が閉まったと同時に、空間は薄闇に包まれる。セレスティーンの動きに合わせて、壁際に配置されていたろうそくに火が灯った。

「ろうそくなら持って歩けそうだわ」

球体のガラスの中に、橙色《だいだい》の火がふわりと光っている。ろうそくを囲うガラスの球体は、正面がぽっかりと開いていた。ろうそくの取り換え口だろう。

壁にかかっている金具を外し、ろうそく立ての取っ手を持つ。球体に沿った鉄製の取っ手は細めで持ちやすい。

空いている手を階段の手すりに置き、一段ずつ階段を下り始める。手すりは思ったほど埃っぽくはなく、木の温もりが感じられた。

「このまま一階まで行けるといいのだけど」

らせん階段を慎重に下りていくと、踊り場に到着した。その下にもまだ階段は続いているが、踊り場には違う道へ繋がるだろう扉もある。そちらも気になるけれど、今はとにかく下へ行かなくては。

セレスティーンは、とにかく地上に近づこうと考えて、踊り場の扉を開けずにさらに下へ向かうことにした。起き抜けに感じていた筋肉痛は、身体を動かしているうちに薄れていた。

けれど、そこからいくら下りても周囲の様子は変わらない。

しばらく下りると踊り場があり、そこには扉がある。その繰り返しだった。

やがて喉の渇きを感じ始めたセレスティーンは、好奇心に負けて階段の踊り場の扉を開けることにした。

同じ景色ばかりで飽きていたし、明るい場所で少し休憩を取りたかった。

「疲れた……足がつりそう」

左手に持つろうそく立てには、いまだにろうそくの火が灯っている。ほとんど溶けていてもおかしくはない時間を過ごしていたのに、蝋《ろう》が溶けた形跡はまったくない。溶けないろうそくなどあるのだろうか。

疲れた頭でぼんやりとそんなことを思いながら、重厚なダークブラウンの扉を押し開く。

見た目のわりに軽い扉はすんなりと開いた。その途端、強い風が吹き込んでくる。

「え……、ええ？」

目の前に飛び込んできた光景に唖然《あぜん》とする。

扉を開けた先には石畳の敷かれた広めのテラスがあった。外の風が直接吹き付けてくる開放的な空間にしばし呆けてしまうが、はっとしてテラスの先まで駆け寄った。

眼下に広がる森と山々を見つめ言葉を失う。

「待って、私、階段を下りてたはず」

後ろを振り返り城の外観を確認する。今さっき開けた扉は、細長い塔の扉だった。その塔の頂上付近は雲がかかっていて、どこまで続いているのか窺えない。

寒さに耐えながら、次にテラスの下を確認する。慎重に柵《さく》の隙間から覗き込み、自分の居場所と城の全体像がわからないものかと探ってみたがうまくいかなかった。

「……霧《きり》でよく見えない……」

遠くは見渡せるが、真下は霧に覆われていてわからない。レンガか石造りの外壁であるというのが多少わかる程度だ。

ここが何階なのか見当もつかない。自分が下りていたと思っていた階段を、どういう仕組みかわからないが上っていた可能性もある。

「日が傾き始めてる……」

夕焼けの気配が近づいている。風の音がすさまじく、雲の流れも速い。

キン……、と耳鳴りを感じた。このまま外の風に当たり続ければ風邪をひいてしまう。

先ほどの階段はもう信用できない。いや、はじめから信用できるものなどなにもなかったのだけれど。

――どこか違う扉を探さなきゃ。

カチカチと歯が鳴った。手足が冷たくかじかんでいる。

風除けになる場所を求め、テラスの反対側へ向かう。その先には、違う棟へ続く通路があった。

どこに行ったらいいのかもわからないが、とにかくこの場所からは離れたい。

早足でその通路を渡り、隣の棟へと続く扉を開いた。すると、中から暖気が漏れてきて、セレスティーンの凍えた身体を一瞬で包み込む。

「はあ……あったかい……」

生き返るような温かさにほっとする。

天鵞絨《ビロード》の長椅子があるのに気づき、ふらふらとそちらへ寄ると深く腰を下ろす。そのまま横になって見上げた天井に息を呑んだ。

広い天井一面に、色鮮やかな絵が描かれ、装飾まで施されている。見たことのない豪華な天井に、セレスティーンは圧倒された。先ほど歩いた回廊の天井にあったものとは異なる様式だが、ここは先ほど以上に魅入られる。

よく見てみると、空色の背景に、様々な図形が描かれている。まるでこの大陸全土を描いているような地図にも見えるが、そんなものが存在するなど信じられない。国の地図ならまだしも、外国の詳しい地形などわかりようもないのだから。

王城の書庫にはかつて大陸を描いたと言われる地図が存在したらしいが、それを見られるのは国王と数人の側近ぐらいだと、セレスティーンは祖父から聞いたことがあった。一族が賢者と呼ばれていた頃、書庫の管理もクルゼの仕事だったそうだ。

そして王都を追放された後、記憶力のいい先祖によって復元された地図がクルゼの一族に継承されている。

だが、この天井画は、クルゼに伝わる大陸の地図どころではない。他にも大きな図形がいくつかあることからして、恐らくこれは世界地図だろう。

周りの水色は、セレスティーンは見たことはないがきっと海と呼ばれるものだ。

「そうか、長い寿命を持つ竜族だからこそ、人が知らないこともたくさん知ってるんだわ」

翼を持ち、空を知っている彼らは、ひとつの国に留まり同じ地で一生を終える人間たちとは比べものにならないほどの知識量があるのだ。

神話に出てきた竜は、大陸にあるいくつもの国の建国に関わったと伝えられている。良き友として初代の王を助け、平和と繁栄の礎《いしずえ》を築き上げた。大昔には竜族と人間が共存していたとも言われているが、今はその痕跡すら見つからないそうだ。

「本当に存在していたなんて、誰も思わないわ……」

長椅子から起き上がり、セレスティーンは先ほど入ってきた扉の真向かいにあった扉に向かう。

向こう側がどんな部屋に繋がっているのかわからない。だがひどく喉が渇いていた。水を探さないと干からびてしまう。

「お水が欲しいわ……あとお腹も減った」

城の厨房はどこにあるのだろう。そもそもこの城にそんなものがあるのかもわからない。なにせ竜王は食べ物を必要としないと言っていた。

昨夜ここに連れてこられてから、食べ物を口にしていない。日が傾き始めているのであれば、ほぼ丸一日飲まず食わずでいたことになる。

この扉の向こうに、運よく食料があったりしないだろうか？　そう思いながら扉を開く。

すると、その部屋には暖炉があった。長椅子がふたつとひとり用の椅子がひとつ。暖炉の前にはふかふかな獣の皮が敷かれている。壁には一面本棚、窓際には艶やかに光るダークブラウンの机があった。

執務室だろうか。これまでの部屋と比べてこぢんまりとしている。

扉のない続き間を覗くと、そちらには大きな寝台がひとつある。寝室の隣には浴室も完備されている。

ぱちぱちと薪《まき》が爆ぜる音を聞きながら、居心地のいい空間にほっと息を吐いた。

執務室の中央にあるテーブルには、たっぷりと水の入った水差しとグラスがふたつ。籠《かご》の中には瑞々《みずみず》しい果物が用意されていた。日持ちがしそうな焼き菓子もある。

「水と食べ物……！　助かったわ」

グラスに水を注《そそ》ぎ、あっという間に飲み干した。二杯、三杯とグラスを空にし喉を潤わせると、次はお腹を満たしたくなる。

「そういえば、これって私が食べていいものかしら？」

誰からも返答はない。やはりこの城に使用人はいないのかもしれない。

ここは、摩訶《まか》不思議な現象が起こり得る場所なのだと理解した。常識など一切通用しないし、城の構造もどこかおかしい。

竜王は人の食べ物は必要ないと言っていた。それならば恐らくこれは自分のために用意されたのだろう。

「毒とか入ってないわよね……？」

赤い林檎《りんご》を手に取って回してみる。傷みもないし、ほのかに香る林檎のいい匂いがたまらない。

「……もしなにか入ってても、なにも食べないとどうせ死んじゃうし……」

セレスティーンは林檎を両手で掴み、一口齧《かじ》った。優しい甘さが口内にじゅわりと広がる。セレスティーンが暮らしている山間の集落にも林檎の木はあったが、こんなに瑞々しくなかったし甘くもなかった。

「おいしい……」

結局林檎ひとつまるごと食べてしまったが、身体に変調はない。

ここに用意されているものに毒物の心配はなさそうだ。他の焼き菓子も大丈夫だろうと、セレスティーンは木の実が混ぜられた焼き菓子を齧った。素朴《そぼく》な味は、故郷の母が作ってくれた味に少し似ていた。

「母様……」

今頃は、料理上手で優しい母と夕餉《ゆうげ》の準備をしていたはずだ。母の作るチーズとパンが恋しい。特にシチューは絶品でセレスティーンの好物だった。

クルゼの一族は絆《きずな》が強い。死以外で家族が離れることなどめったにない。

今宵《こよい》の空を見上げて私の安否も読んでくれるだろうか？　――そんなことを考えながら、焼き菓子の欠片を口に入れた。

サクサクほろほろと崩れる食感はいいのに、喉が塞がって飲み込みにくい。歯を食いしばらないと涙が零れてきそうだ。

「なんでこんなところにいるんだろう……。ユアンもきっと心配してるわ」

セレスティーンの三歳下の弟、ユアン。五年前に山で死にかけていたところを拾われ、クルゼの長の家に引き取られた。以来、血の繋がりはないがセレスティーンは弟として接している。

心配性で姉思いの彼がなにもせずにじっとしているわけがない。

「大丈夫かしら……夜に山へ入っていなければいいけど」

せめて手紙だけでも出せたら……そう願うが、きっと叶わない。

攫われてきたまま帰れなかったらどうしようかと、嫌な想像が頭をよぎる。

けれど、昨晩の記憶を掘り起こそうとすると、また頭の奥がズキンと痛んだ。どうも竜王が現れた前後の記憶がおぼろげだ。

喉を潤し、お腹が満たされると、次第に眠気がやってきた。外は茜《あかね》色から徐々に群青へ変化している。

このあわいの時間は死者の世界との境界線が曖昧になりやすいと言われていた。視えざる者が視える僅かな時間。とはいえ、セレスティーンがそういった類《たぐい》のものを視たことは一度もなかったが。

「知らない場所で寝るのは危険だわ。いつあの人が現れるかもわからないし」

身体を差し出せと言ってきた相手と対面するのは怖い。貞操《ていそう》の危機だ。

一度ソファに座って休んでしまうと、身体に蓄積《ちくせき》されていた疲労をどっと感じるのに、精神的に休むことはできない。隙を見せたら食べられてしまう。

けれど今日はこの部屋で休むことにした。内側から鍵《かぎ》をかけておく。

「とりあえず安心よね……？　今のうちに汗を流してこよう」

沸かさずとも湯が好きなだけ使えることに感動し、浴槽にたっぷりのお湯を溜めて肩まで浸かる。

セレスティーンの艶やかな黒髪が湯船に広がった。健康的に日に焼けていた肌は、一日室内にいただけなのに少し青白くなったような気がした。

「早く帰るから、待っててね……」

いつも笑顔を向けてくれる家族や村の子どもたちのことを思い浮かべながら、湯船から上がる。すると、脱衣所にはふかふかなタオルが用意されており、その隣には新品と思われる下着とシュミーズドレスが置かれていた。

「……さっきあったかしら？」

自分が脱いだドレスはそのままになっている。入るときに気づかなかっただけだろうか。とはいえ着替えがあるのはありがたい。散々動き回り汗をかいたドレスをまた着るのは、少し遠慮したかった。

髪の水分をタオルで丁寧に拭い、寝室を通って先ほどの部屋に戻る。空になったはずの水差しには、また水がたっぷりと入っていた。しかし、果物と焼き菓子が消えている。

その代わりに、香ばしい匂いのパンと熱々のシチューが置かれていた。テーブルの中央には、鍋の中に蕩《とろ》けたチーズがぐつぐつと煮えている。林檎で満たされていたはずのお腹が、おいしそうな匂いに刺激された。

「さっき懐かしんでいた食べ物……」

——でもなんで二人分？

丸いテーブルには、二人分の皿と椅子があった。中央の鍋は二人で分け合うのだろうが、誰と食事をするのか考えたくない。

——まさか竜王がここに現れるとか？

扉の鍵はかけたままだ。入れるはずがない。そう思いつつも、落ち着かなくなる。

「きっとお腹が減ってるから余計なことも考えるのよ」

大丈夫、ここは安全だと自分自身に言い聞かせる。竜王の城に安全な場所などあるのかわからないが、そう思わないと安らげない。

ほどよく蕩けたチーズがぐつぐつと煮えている。その隣には串《くし》が数本と、一口ほどの大きさに切られた野菜がいくつか皿にのせられていた。バスケットに入ったパンも山盛りに用意されている。どれも作りたてなのだろう、まだ温かそうだ。

「こっちは葡萄酒《ぶどうしゅ》？」

赤い葡萄酒とグラスまであることに気づく。セレスティーンはお酒は嗜《たしな》む程度にしか飲まないが、これは誰のためだろうか。

「私には姿の見えない誰かがいるの？」

やはり使用人として城に仕えている誰かが存在するのだろうか。

ふと、ガルシアが告げた言葉を思い出した。

必要なものがあればなんでも用意してくれると言っていた。もしかすると、それを口にするだけで、欲しいものが手に入るのだろうか？

「……少し肌寒いわ。ショールでもないかしら」

独り言を零し、寝室へ移動する。寝台の上にも先ほどの浴室の中にも、余計なものは置かれていなかった。

歩きながら部屋に配置されている家具や、目に見えるものをじっくりと記憶する。浴室まで行き、ふたたび寝室を通って食事が用意されている部屋に向かえば、椅子の背もたれに上質な生成《きな》りのショールがかかっていた。

「本当に現れた……」

誰が用意したのか、自動的に現れるのか。確かめようはないが、ありがたくそれを肩にかけて椅子を引いた。不思議な現象に胸がドキドキする。不思議と恐ろしさは感じなかった。

だが、ふうっと息をつき、椅子に座ったそのとき、ノックもなしに入り口の扉が開かれた。

「っ！」

——嘘、鍵かけたのに！

セレスティーンの些細な抵抗などものともせず、ゆったりとしたローブに身を包んだガルシアが現れた。

さらさらな銀色の髪が歩みに合わせて揺れる。星々の煌めきを纏っているかのような美しい髪は、彼の神々しい美貌を引き立てていた。

「どうしてここが」

「なにを驚く。ここは我の城。そなたがどこにいようと、たとえ隠れていようと、わからぬはずがない」

セレスティーンは一度迷ったら二度と同じところにたどり着けそうにもないのだが、城の主はきちんとすべてを把握しているのだろう。また外から開ける鍵も持っているに違いない。

セレスティーンは自分の目の前で席についた男を、改めてじっくりと眺めた。

人間ではありえない金色の瞳に白皙《はくせき》の美貌。所作のひとつひとつが美しくて見惚《みと》れてしまうが、この男に人間のような心があるのかの見極めはまだできていない。

――無理な賭けを持ちだして、私が降参するのを待っている？　絶対に無理だと知っていたから、あんな賭けを持ちだしてきたの？

正直、城から脱出するのは、妨害がなければ難しくはないと考えていた。が、城の中で人間の常識が通用しないとなると、慎重に動かなければいけない。

別の条件にできないものか――。

「飲むか？」

セレスティーンの緊張をよそに、ガルシアは葡萄酒の栓《せん》を開けた。反射的に頷くと、慣れた手つきでグラスに葡萄酒が注がれる。己のグラスにも同様に注ぐところを見ると、竜族もお酒は嗜むらしい。

「この城には、竜王様の給仕をする者はいないの？」

「城に仕えているのは我の眷属《けんぞく》だ。めったに姿を現すことはない」

会話が微妙に噛み合っていないが、傍に仕える側近などはいなくても竜王の眷属が城仕えをしているということだろうか。

つまり普段竜王は彼らを呼ばない限りひとりで過ごしている。

閉鎖的で時間の感覚も狂うこの城で、番という自分が現れたことが非日常なのだろう。

「飲まないのか」

葡萄酒を一口嚥下《えんげ》したガルシアが飲酒を促す。セレスティーンもグラスを傾け、こくんと飲み込んだ。

「……おいしい」

葡萄酒を飲んだのは初めてだった。なにせクルゼの村には麦畑はあっても葡萄畑はない。書物の中でしか知らないものだった。

豊かな葡萄の香りと少し渋味のある味は嫌いではない。

「そうか」と呟いた竜王は特に関心もなさそうだ。視線が目の前の鍋に向けられ、用意された食事を食べろと言われた気がして、セレスティーンは細い串に野菜を刺して蕩けている鍋にそれを入れてチーズをからめた。

熱々のチーズがからんだ野菜を、熱さに気をつけながら味わう。チーズの味が濃厚で、村で作るものとは種類が違うようだ。

焼きたてのパンをちぎり、頬張《ほおば》る。小麦の味をしっかり感じるふわふわなパンだ。シチューとの相性も良く、葡萄酒も進む。

「竜族は葡萄酒は飲むけど食事は必要ないのね」

「嗜好品《しこう》として嗜む竜族はいる。栄養にはならぬが」

あなたはどうなの？　とガルシアに尋ねる前に、彼は銀製の匙《さじ》でシチューをすくった。しげしげとシチューを眺めている。そんなに見つめている間にシチューが冷めてしまうのではないかと口に出す前に、彼が形のいい口を開けた。

匙を口に運ぶ動作に気品を感じた。慎重に舌の上でシチューを味わっているのが見てわかる。表情がまったく変わらないので、おいしいのかまずいのか伝わってこないが。

「食べないんじゃなかったの？」

「栄養にはならぬとは言ったが、食べないとは言っていない。具材が切られ火が通り、手の込んだ食べ物を食すそなたがおいしそうに見えた」

——……それは私がおいしそうに食べる姿に惹かれたということかしら。

「好奇心が刺激されたってこと？」

「好奇心など持っていない」

そう言いつつも、ガルシアはもう一口シチューを口に運んだ。

「それで？　人間の食べ物の感想は？」

「わからぬ。不思議な感覚だ。だが悪くはない」

匙を置いて、ガルシアはチーズをからめた野菜を興味深げに見つめている。好奇心などないと口では言うが、恐らくセレスティーンがおいしそうに食べているから、興味が湧いたのだろう。今までこの城に人が入り込んだことはないのかもしれない。

そこで、ガルシアの所作に見惚れていたのに気づき、はっと我に返る。

——待って、なんで私ののんびり人攫いと一緒にご飯を食べてるんだろう。

一刻も早く故郷に帰りたいのに、あまりにも人の気配が感じられなくて人恋しくなってしまったのだろうか。

そんなはずはないと頭を振った。

疑問は尽きないが、体力を蓄《たくわ》えるのが大事だ。しっかり食べて睡眠をとり、翌朝からまた動き回らなければいけない。

この城から出る方法は、賭けに勝つか竜王の弱みを握って再交渉をするかだ。出口を見つけた後、ひとりで村まで帰るのは早々に諦めていた。周囲の山で遭難《そうなん》してしまう。

もくもくと無言で食べ続けている間に、ガルシアはシチューの皿を空にし、葡萄酒のグラスも二杯ほど飲み干していた。

なにを考えているのかわからない相手との食事は重苦しい。大勢が集まって食事をとっていた日常が遠い昔のように感じる。用意された食事はおいしいが味気《あじけ》なかった。

食事が終わると、隣室への移動を促された。

「我らがいては後片付けができない」と言う。食事や必要なものを管理してくれている竜王の眷属のことだろう。

人の気配に敏感で、主である竜王の前にすら名前を呼ばない限り姿を見せない。恥ずかしがり屋な使用人とでも思えばいい――と説明を受けたが、視えなくても傍にいるというのは少し落ち着かない。なにかお願い事を口にすればその通りに動いてくれるのは便利だが。

――竜族には羞恥心《しゅうち》がないのかもしれないけど、年頃の女の子への配慮が足りないわ。

だが移動した先が寝室だと気づき、セレスティーンの身体に一気に緊張が走る。人間の食事は栄養にはならないという言葉を思い出したのだ。

番からの精が必要……この間のキスだけでは済まされない。

「先に湯は使ったようだな」

「……っ」

家族であれば普通の会話なのに、男女の営みを匂わせるものになるなんて初めて知った。

「だったらなに？」

声に警戒心が滲んでいるのは、ガルシアにも通じただろう。

視線が合わさるだけでこの場から逃げ出したい衝動に駆られる。しかし部屋を出たところで、城の主から逃げきれるはずがない。

一歩、二歩と近づかれるたびに鼓動が速まる。口づけ以上の行為を、セレスティーンは具体的には知らなかった。未知の世界に誘うのが竜王であることが、幸せなのかそうでないのか。その答えはすぐには出ない。

「次は我の食事に付き合ってもらおう」

手首を摑まれ、引き寄せられる。細身に見えて男性的な胸板をローブ越しに感じ、セレスティーンの顔に朱が走った。

腰を強く抱かれ、つま先が浮く。肩にかけていたショールが床に落ちた。

セレスティーンの体重などものともせず、片腕だけで持ち上げられる。不安定な体勢に恐怖を抱き、目の前の唯一縋《すが》れるものにしがみつくしかない。

人とは比べものにならない膂力《りょりょく》。猫の子でも扱うように、セレスティーンの身体は寝台へ運ばれた。

咄嗟《とっさ》に起き上がろうとするが、ガルシアはそれを阻む。頭上で両手をひとまとめにされ、覆い被さってくる。

「……食事って、精を与えるってことでしょう？」

「そうだ」

「口づけじゃダメなの」

「それでは足りぬ」

絶世の美貌が迫る。その顔はセレスティーンの顔に寄せられるかと思われたが、予想に反して首筋に顔を埋められた。

ざらりとした感触に首筋を撫《な》でられた直後、歯が立てられた。思わぬ行動に肩が跳ねる。

「いた……ッ！」

首筋を舐められ、噛まれたのだ。血は出ていないだろうが、歯形はくっきり浮かんでいるはず。

涙の滲む目で、彫像めいた顔を睨みあげた。舌で唇を舐める妖艶な姿は初心な少女には刺激が強いが、ここで目を逸らしては屈服したと思われそうで、必死で見つめ返した。

「なにをするの」

「首を噛むのは交尾の合図だ」

直接的な言葉に息を呑んだ。交尾だなんて、まるで動物のようだ。

それに交尾とはっきり言われても、この行為に愛があるとは思えない。これは竜族にとっての食事なのだと言われたほうがまだ納得ができた。

黄金色の視線がすべてを暴《あば》こうとしてくる。セレスティーンが纏うシュミーズドレスの胸元に指がかけられリボンを解《ほど》かれた。

肌を隠すには心許ない薄い生地だが、あるのとないのとでは安心感が違う。

だが、ガルシアはリボンを解いたはいいが、どう脱がすのかわからないらしい。「面倒だな」と呟いた直後、布の裂ける音が響いた。

「……ッ！」

ひやっとした空気を感じ、胸元から布が裂かれたのだと一拍遅れて気づく。セレスティーンの私物ではないのだからどう扱おうが彼の勝手だ。しかし毎回こんなことをされたらたまったものではない。引き裂かれた布の音が耳に残る。

「クルゼの一族は、物が物としての寿命をまっとうするまで、最後まで大切に扱うわ」

「それはそなたらの価値観だろう。竜族は物に執着しない。必要があれば新たに補えばいいだけだ」

「……」

自分とは違うと言われれば、黙るしかない。はじめから近くもなかった心の距離がさらに開いた気がした。

誰にも晒《さら》したことのない素肌を見下ろされる。膝のあたりまで裂けた布を、彼は最後まで裂いた。

両腕はシュミーズドレスに通したままだ。だが、上半身のほとんどを晒し、局部を覆う下着のみを身に着けている。目の前の男は相変わらずの無表情だ。彼が今自分の裸体を見て欲情しているかは判断がつかない。

これからどうなるのだろう。

捕食者に睨まれた被食者の気分だ。どうもがいたとしても、この状況から逃げることはできない。

「発育途上だが、悪くない」

褒《ほ》められているとはとても思えない言葉をかけられた直後、指ですっと唇がなぞられた。感触を確かめた後、唇が重ねられた。

僅かな反抗心から口内の侵入を阻みたくて、唇をきつく閉じる。

しかしそんな抵抗など気にする様子もなく、ガルシアはセレスティーンの唇を舐めながら淡く色づく胸の蕾をキュッと摘まんだ。

「――ッ、ンンッ!?」

空いた隙間から肉厚な舌がねじ込まれる。

なんの前触れもなく胸の頂《いただき》を弄《いじ》られれば、驚きから悲鳴を上げてしまうのは無理もないだろう。

口腔を這いずり回る感触が気持ち悪い。

歯列を割られ上顎を舐められ、粘膜をざらりとこすられる。逃げる舌を執拗《しつよう》に追いかけられるのも、この男の執念深さを表しているように感じられた。竜族は物に執着しないと言っていたのに、番は別なのだろうか。

けれど執着されるほどの魅力が自分にあるとは思えない。本能的なものなのかもしれない。

とろりとしたなにかが口の中に溢れ、こくりと飲み込んだ。ほのかな甘みを感じ疑問が湧く。

――……なんだか、身体が熱い……？

先ほどより体温が上昇している気がする。心拍数が速まり、下腹の奥がずくんと疼《うず》きだした。

身体の変化に戸惑う。今まで感じたことがない感覚に眉をひそめた。

深く口づけをされたまま、大きな手に胸から脇腹をすっと撫でられる。その感触に、身体が敏感に反応を示し、腰がビクンと跳ねた。

「ン、……ァア……ッ」

唇が僅かに離されたが、すぐにまた塞がれる。先ほどまで気持ち悪いと感じていた舌は、まるでセレスティーンの快楽を奥底から引きずり出そうとしているみたいだ。

嫌悪感は薄れ、ぞわぞわとした震えが湧き上がる。素肌を撫でられる感触と深い口づけに神経が集中し、身体中に熱が蓄積されていく。不思議な感覚だ。

──お酒に酔ってるみたい……？

酩酊《めいてい》感が強まり、思考が霞《かす》んでいく。

顔が離されると、己の唇と彼の唇を繋ぐ銀糸が目に入った。その糸がぷつりと途切れると、彼は自身の濡れた唇を親指で拭う。

頭上でひとまとめにされていた両腕はいつの間にか解放されていたが、腕が自由になってもうまく抵抗できる気がしない。

凄絶な色香を放つ男を見つめていると、何故だか身体の奥深くがキュウと収縮し、下腹の疼きが増した。女性特有の臓器が存在を主張しているかのようだ。

「そなたの唇はやはり甘い。番というのはこうも違うのか……」

独り言のように呟かれる。男性的な手がセレスティーンの胸から臍《へそ》まですっと撫で、下腹の上でその手が止まった。

掌の置かれたところが熱い。

「ここの疼きを感じるか」

低く掠れた声が、セレスティーンの官能をさらに高める。腰に響く声など、今まで聞いたこともない。

未知の体験に恐れを感じて逃れようとしても、囚われた身では従順にならざるを得なかった。

「あっ、い……。やぁ、なに……」

「人間の娘はここの疼きを感じて発情するそうだな」

「うず、き？」

それは先ほどから徐々に高まっている。切ないような、なにかを求める感覚だ。

ガルシアの手が触れた箇所が熱くて、なにかがじわりと溢れて来る。それがなんなのかセレスティーンは知らない。だが秘所が濡れて布がはりつき、不快感を抱いていた。

「イヤ……私が私じゃ、なくなる」

彼は一体なにをしたのか。

深い口づけだけで呼吸が乱れ、体温も上昇するものなのか。口づけすら経験したことのないセレスティーンには判断ができない。

ガルシアはセレスティーンの下腹から手を放し、その身体の輪郭を確かめるようにゆっくりと手を這わせていく。

腰のまろみから徐々に下へと動かし、ほどよく肉のついた太ももの感触を確かめた。

セレスティーンは僅かな刺激もあまさず拾いあげていく。ぞわぞわとした震えが止まらない。

「なにも考える必要はない。ただ身を委《ゆだ》ねていればよい」

太ももにすべらせていた手が秘められた箇所へのびる。濡れて色を変えているところを下着の上からそっと指で撫で上げた。

「潤みが増したな」

「ぁあ……っ」

誰にも触れさせたことがないところを触れられ、羞恥心が一気に高まった。一体なにをされるのか見当もつかないのに、身体は貪欲になにかを求め始めている。高まる熱の解放か、それとも疼きを鎮めるなにかか。

「やぁ、ダメ……」

水気を含み重くなった布がゆっくりと脱がされていく。

肌が空気に触れて冷たい。セレスティーンは少しでも身体を隠したくて身じろぎをしたが、膝を立たせられ阻まれる。

「ッ！」

立てた両膝の間に、竜王の顔が埋まっていく。やめてともがく脚は動きを封じられて使い物にならない。

「やめ——、ンァッ……！」

先ほどまで口腔を蹂躙していたものが、蜜を零す場所を舐めあげた。

とんでもなく卑猥《ひわい》な光景を目の当たりにして、セレスティーンは気を失いかける。

「イヤ、ダメ、しんじられな――っ」

じゅるじゅると啜る音はきっとわざと立てられたに違いない。抵抗をすればするほど、セレスティーンの意思とは真逆のことをされているようだ。

がっしりと太ももを抱えられたまま蜜を啜られ、身体の熱はさらに高まっていく。

舐めるだけに留まらず、肉厚な舌が蜜壺へねじ込まれた。誰も知らない未開の地を、ガルシアの舌先が侵略していく。

「なに、なに……？　やぁ……ッ」

「安心せよ、舌で破瓜《はか》はせぬ」

吐息の刺激だけで、腰が揺れた。そんなところで話すなんてと抗議したくても、口から漏れるのは甘い嬌声《きょうせい》だけだ。

舌で破瓜はせぬという言葉の意味を考えることもできないが、安心せよというのは嘘だと思った。今だって熱に翻弄され、自分自身が保てなくなっている。目尻に溜まった雫が今にも頬を伝いそうだ。

そんな姿は見られたくない。泣き顔を見られるなんて屈辱的だ。だが歯を食いしばろうとしても意図せぬ声が漏れてしまう。

強制的に少女から女にされようとしているのだ。自分の意思など置いてけぼりの現状に憤りを感じる。

「まだ足りぬ……もっと存分に啼《な》くがよい」

「ンン……、ぁ、アア……！」

抵抗したいのに、ざらりと秘所を舐めあげられて、こらえきれない声が零れる。甘さを含んだ嬌声がとてつもなく恥ずかしい。こんな甘ったるい声は自分の声ではないと思いたい。

すると、ゆっくりとガルシアが顔を上げた。口許の濡れた様がひどく淫靡《いんび》で直視できない。

今までセレスティーンの周囲にいた男性は、父親と祖父と弟のユアン。叔父と親族の壮年の男たち。それに兄妹のように育てられた同年代の男子が数名だ。

彼らから親愛を感じることはあっても、性の対象として身の危険を感じたことは一度もない。いつかは一族の中から歳の近い男と結婚することになる、それも星のめぐり合わせ次第だと祖父が言っていた。まだ時期ではないので、誰かを選ぶ必要もなく、その相手が誰かもわからないとも。

時期が来れば将来の伴侶もわかる——。その言葉を信じ、それが誰になるのだろう？と年頃の少女らしくほのかな期待を胸に抱いていたのに、こんな望まぬ形で運命が狂わされるなんて想像もしていなかった。

「そなたの精は雄《おす》を狂わせたいらしい。すべてを貪り尽くしたくなる」

濡れた金色の双眸が妖しく光った。

身体の疼きが増す。下肢を濡らす自分はなんてはしたないのだろう。

荒い呼吸を繰り返すセレスティーンを見つめながら、ガルシアが衣服を脱ぎだした。身体の線を隠すゆったりとした服装だったが、現れた身体は芸術品のように美しい。

ほどよく鍛えられた筋肉と均整の取れた体軀。

雄々《おお》しく天を向く雄の象徴に、セレスティーンの視線が奪われた。

――なに、あれ……。

成人男性の性器を見たのは初めてだった。それも重力に逆らったものを直視するなど、乙女にはどういう構造をしているのかも理解ができない。血管が浮き上がっていて別の生き物のように見える。

恥じらいよりも、恐ろしいものを見てしまったという恐怖心が湧き上がった。一瞬で身体の熱が冷めていく。

「なにを驚く。雄の性器を見るのは初めてか」

頷くことすら躊躇われる。そんなもの、見たいとも思っていなかったし、きっと夫となる者と初夜を迎えるまで知らないままでいただろう。

絵画に描かれるような神々しい美の持ち主は、動いているのが不思議なほど現実味がないのに、その雄々しい昂りだけはとても生々しく感じられた。

「雄と雌《めす》の性器が合わさることで性交が成り立ち、我は精をもらい受けることができる」

ざっくりとした説明が脳に届く。

合わさるということはつまり、散々舐められた恥ずかしい場所に、この性器が入り込むということか。

——正気の沙汰《さた》じゃない……。

体格に見合う立派な屹立《きつりつ》は、小柄な自分には不釣り合いだ。

恐怖から自然と腰が逃げようとする。

「諦めろ。賭けに応じたのはそなただ。嫌ならさっさとこの城から逃げるがよい。できぬなら夜毎我の食事に付き合うしか、そなたに道はない」

「……っ」

竜王の食事。精を与えることが賭けの対価。

これから毎晩、夜を迎えるたびに身体を開かれたくなければ、早くこの城から出るしかない。

勝手に攫ってきて理不尽だと憤りを感じても、敵の根城から無事に生きて帰りたいのなら、相手の要求を呑むしかないのだと改めて痛感させられた。

――これは、食事。食事なのよ。

身体から力を抜いた。抵抗すれば、どんな目に遭《あ》わされるかわからない。

「……好きに食べるがいいわ」

「勇ましいのは、嫌いではない」

ふたたび唇が塞がれる。とろりとした甘い蜜が喉の奥に流れ込んできた。

先ほど感じたものよりもっと甘いなにか。それを飲み込んだ直後、鎮まっていた身体の熱が再燃し、ずくずくとした疼きまでもが思い出したように身体を苛む。

「……ヤ、なんで……ッ」

「媚薬を流し込んだ。雌の発情を促すためのものだ」

竜族の唾液に含まれる甘い蜜。それが身体を強制的に発情させているのだと教えられる。

なんて便利で、人の心を無視した行為だろう。先ほどより甘さが増した蜜は、より強力な媚薬ということか。

それがガルシアの優しさなのだと思うには、セレスティーンは彼のことを知らなすぎる。

抵抗は無駄だ。身体は快楽を求めている。

ならば心だけは好きにはさせないと、セレスティーンはその星空を閉じ込めた瞳で竜王を睨みあげた。

「その眼差しも、悪くない――」

独り言のように呟かれた直後、質量のある灼熱《しゃくねつ》がぴたりと蜜口にあてがわれた。自分の意思とは逆に泉のごとく愛液を流している。快楽を期待している女の性《さが》が浅ましいと思った直後、貫かれた衝撃に声にならない悲鳴を上げる。

「――ッ！」

脳天まで届く衝撃。身体をのけ反らせ、開いた口はふたたび竜王に塞がれた。とろみのある甘い蜜が口いっぱいに広がる。

――苦しい……っ。

強制的に媚薬を飲み込まされたため、痛みは感じない。ただ隘路を無理やりこじ開けられる衝撃と苦しさが襲い掛かる。

「ん、んぅ……っ」

身体の熱が上昇する。

内臓を押し上げられるような苦しさは薄れ、内壁が徐々にガルシアの雄に馴染んでいった。

じくじくした痺れが身体の奥から湧き上がる。それは貪欲に快楽を欲し、セレスティーンの意思とは真逆に中の異物を締め付けた。

「……っ、少し馴染《なじ》んだか」

唇を離し、首筋をぺろりと舐められた。先ほど歯形をつけられた場所をきつく吸われながら、耳元でガルシアが悩ましい吐息を零す。

「ぁあ……」

些細な触れ合いにすら身体が反応した。吐息を肌に吹きかけられるだけで、神経が集中する。

結合部は愛液と破瓜の血が混ざり、目も当てられない状態だろう。しかしガルシアはゆっくりと上体を起こし、繋がっている箇所をお構いなしにじっと見つめている。あまつさえどろどろに混ざり合っている体液を指ですくい、ぺろりと舐めた。

「っ……！」

無表情ながらも恍惚とした顔を見せ、なにかに納得するように小さく首肯した。

「やはり唾液とは比べものにならぬな……」

「知らな……っ」

艶めいた声が響いた直後、ガルシアが律動を開始した。

「アッ……、ンァア――……」

浅く深く抜き差しされ、最奥《さいおう》を刺激されると目の前に星が散ったような衝撃を受ける。

頭の中は、一方的に与えられる快楽に塗り替えられ、理性は機能していない。淫らな水音があたりに響く。その音を鼓膜が捉えることでさらなる興奮を覚えた。

「やぁ、……ンッ、アア……ッ」

「ああ……まさしく、番は雄を狂わせる。精を貪っても飢餓《きが》感が消えない。ならば果てのない欲望を満たすまで、共に楽しもうではないか」

ガルシアはセレスティーンの体液を摂取しても、さらに彼女の精を貪欲に求め続けている。一度交わるだけでは終わりそうにない。

——……ああ、でも素肌を這う手が気持ちいい。

セレスティーンのものより低い体温が、心地よく火照った身体を冷やす。その手が脇腹を通り乳房へ到達した。

ぷっくりと存在を主張する胸の果実をキュウッと指で摘まれるだけで、身体がビクンッと反応する。ビリビリした電流が背筋に流れ、身体はさらなる刺激を求め続けた。

「軽く達したか」

番が淫らによがる姿を、竜王は愉悦《ゆえつ》を孕《はら》んだ眼差しで見下ろしている。

欲情しているのは自分だけではなく、この男も興奮しているのだと感じられ、さらに強く膣壁が雄を締め上げた。

「……っ」

射精を堪えて苦しげに眉をひそめる姿が艶っぽい。余裕のない姿を見て、セレスティーンの薄れていた理性が不思議と戻ってきた。

——締め付けられたら苦しいの？

別の生き物のようだと感じられた性器には、神経も痛覚もあるのだろう。もちろん性感帯であることは間違いない。

常に優位にいる竜王が唯一余裕のない姿を見せるのが、この情事の時間なのではないか。

強制的な快楽に流されつつも、セレスティーンは冷静に観察する。

ガルシアの動きから、真意を覗かせるなにかを読み取れないかと。

「考え事か？　余裕だな」

低く腰に響く声が鼓膜を震わせた。

余所見は許さないとばかりに、ガルシアが容赦なく首筋に噛みついた。同時に愛液にまみれた花芽をぎゅっと押しつぶされる。

「アァァ――ッ！」

首の痛みすら快楽に変わる。

ぬるりとしたなにかが流れる感触に、肌が粟立《あわだ》った。きっと血だ。

数度首筋を舐められる。竜王の唾液に傷跡を癒《い》やす効果があるかはわからないが、執拗に舐められると、ヒリヒリと熱を持った首筋の痛みは消えていった。

両脚を高く抱え上げられた直後。最奥と思っていたところよりもさらに奥へと侵入を試みているのだと気づき、生理的な涙の膜でぼやける目を男に向けた。

「まだだ」

結合部を見せつけるようにガルシアが腰を進めてくる。驚いたことにまだ全部が挿入されていなかったのだと気づき、セレスティーンに恐怖と期待が同時に湧き起こった。

「……ァ、ダメ……、――ッ！」

ずずっとめり込んでいく。

最奥をこじ開けるようにして、竜王は容赦なく攻め込んだ。

先端がグッと押し付けられ、数瞬後弾けた。

「アァァ――……」

ドクドクと身体の奥深くになにかが流れ込んでくる。大量に注がれるそれを零さぬように、中の異物が栓をしている。

これが生殖行為なのだと、沈みゆく思考の中で今更ながら思い出した。男性の射精が種付け行為で、時期が合えば赤子を授かる。

けれど自分が望まない限り、子はできない。ガルシアの言葉が本当なら。

――私はこの人の子どもなんて望んでいない――。

抜ける気配のない熱い屹立を胎内《たいない》に感じたまま、セレスティーンは意識を手放した。

# 第二章

朝の光を感じる。

もう目覚めの時間だろうか。夜明けとともに起きる習慣があるセレスティーンは、光に促されるようにゆっくりと瞼を押し上げた。

薄いカーテンの隙間から淡い光が差し込んでいた。まだ日差しが柔らかいから、朝もまだ早い時間だろう。

身体を起こそうとするが、あらぬところの筋肉が悲鳴を上げた。全身の疲労感に眉をひそめる。

「身体が辛い……。私、昨日なにを……」

喉も掠れているが風邪ではなさそうだ。

寝台の隣の小卓に水差しがあることに気づき、身体をなんとか起き上がらせてグラスに水を注いだ。

すぐに二杯分を空にした。身体は随分水分を求めていたらしい。

水を飲むと眠気が覚めて頭もすっきりしてくる。

「ここどこだっけ」

記憶を巻き戻し、セレスティーンは視線を下に向けた。なにも身に纏っていない、生まれたままの姿だ。

「きゃあ！」

瞬時に顔が真っ赤になる。

股《また》の間に異物が挟まっているような妙な感覚は、自分が純潔を失った証だ。そのことに思い至ると、赤くなっていた顔が一瞬で青ざめた。

――そうだ、私昨日あの人に……精を食べられたんだった。

どちらかと言えば精を与えられたのはセレスティーンのほうだが。きっと胎内には彼が放った白濁《はくだく》が残っている。

シーツは愛液と破瓜の血でドロドロになっていたはずだが、今はさらりとした感触だ。肌もべたついていないことから推測するに、シーツは新しいものと交換され、身体も清められたのだろう。

「竜王はどこ……？」

昨夜自分に番の証を刻み付けた男の姿は、部屋のどこにも見当たらない。そのことに安堵した。今はひとりのほうがいい。

シーツの温もりもない。この寝台で夜を明かさなかったか、早くにこの部屋から出て行ったのだろう。昨夜は早々に気を失ったから、竜王がその後どうしたかはわからないが、番の精を得るという目的を果たしたら満足したということに違いない。

「彼にとっては本当に食事というわけね」

竜王に対して特別な感情など生まれていないはずなのに、なにかが胸の奥から込み上げてきた。

「――……っ」

自分でも納得済みで覚悟の上のことだと思っていたのに、愛情のない情交だったと改めてわかると、ひどく虚しくなってきた。多くの女性が結婚後の初夜で愛を感じながら体験することを、好きでもない相手に賭けの対象として捧げたことに罪悪感を覚えた。

後悔はしていない。自分で選んだことだから。だが気持ちが理性に追いつくまでは時間がかかる。

ぽろぽろと気が済むまで涙を流すと、心の奥が少し軽くなった。

このまま寝台にじっとしているわけにもいかない。セレスティーンは鈍痛の残る身体をなんとか動かし、浴室へ向かった。肌は綺麗に拭かれても、身体中に竜王に触れられた感触が残っている気がして落ち着かない。きちんと全身を洗いたい。

いつでも湯が使えるのはこの城で唯一好ましいところだ。

全身を洗い終えると、幾分か気持ちもすっきりした。大量に積まれていたタオルの山から一枚取り、水分を拭う。

それから、大きな鏡に映った自分を眺めて、首筋を念入りに観察した。

「歯形がついてる……。でも血が流れた感じではないわ」

歯形はくっきりとついているが、傷にはなっていない。昨夜は血が出ていたように感じたが、皮膚は突き破られていなかったのか。

情事の最中の恥ずかしい記憶まで連鎖的に思い出し、セレスティーンはその淫らな映像を記憶の中から追い出そうと頭を振った。

着替えの衣服が用意されている籠を確認し、中が空なのに気づく。

「……あれ、昨日はいつの間にか服が入ってたけど」

今日はあの不思議な現象は起きないのだろうか。

それとも違うところに用意されているのかもしれない。

寝室に戻ろうと、扉を開けようとしたところで小さなノック音が聞こえた。

トントン。

気のせいではない、誰かが扉を叩いた音だ。タオルをきつく身体に巻き直して、セレスティーンは慎重に扉を開けた。

「はい……ん？」

そこには誰もいなかったが、下を見れば衣類の入った籠が置かれていた。今日の服も昨日と似た形の、胸の下で切り替えのあるゆったりとしたドレスだ。新緑の色は草木の生命力を表しているようで好ましい。

華美な装飾がない着心地の良さそうな下着に、長い髪の毛をまとめる髪飾りまで入っている。

タオルで髪の水気を十分とったあと、セレスティーンはありがたく髪飾りを使い髪の毛をまとめた。

「ひとりで簡単に着こなせるドレスでよかったわ。動きやすい男性の服でもいいのだけど」

こう言っておけば、どこかにいる使用人にこちらの希望が伝わるかもしれない。

そしてまた用意されていた朝食を食べる。今は竜王がいないため、ひとりだけの食卓だ。瑞々しい果物、卵料理にパンとバター。どれもまだできたてだ。

用意された料理はすべて平らげて、食べきれなかった林檎を二個、ドレスのポケットに仕舞った。お腹が空いたときの非常食として持ち歩くのだ。

「めそめそしてても仕方ないわ。身体は少し辛いけど、今日こそ城の出口を見つけないと」

走るのは難しそうだが、歩くことならできる。体力が完全に回復するまで待つ時間も惜しい。出口に近づくためには動かねばならない。

ブーツの革ひもをしっかり結び直し、セレスティーンは気合を入れてもう二度と戻ってくることのない部屋を出た。

この城は広大なだけではない。どこかおかしい。けれどどうおかしいのかがわからなければ、出口はいつまで経っても見つからないかもしれない。

「まるで巨大な迷路だわ」

通路を右に曲がってすぐの階段を下りた。

昨日とは違い、緑色の壁紙が張られた通路を歩き、突き当たりの両開きの扉を開ける。木の扉は優しい温もりが感じられた。

慎重に扉を引くと、その中はドーム型になっていた。

「礼拝堂？」

質素な扉からは想像できない、荘厳《そうごん》な礼拝堂だ。無意識に背筋がのびる。静謐《せいひつ》な空気を肌で感じ、呼吸すら響きそうだ。

人が座るための椅子が用意されている。この国の民が崇める神を祀《まつ》っているのかと思ったが、象徴となるものはなにひとつ置かれていない。

「この場所がどこかの国に属しているのかもわからないし、竜が神を祀るとも思えないわ」

大理石が敷かれた床を、静かに歩く。

人から見れば神にも等しい竜がなにを祈るのだろうか。いや、なにかを祈ることがあるのだろうか。

クルゼは神に祈らない。星を読み、未来を先視するだけだ。星々の煌めきを称え自然の豊かさに感謝することはあるが、神に頼ることはない。何故なら人の道は人が作るのだから。見守るだけの神が、人になにをもたらすというのか。

この場所には、入ってきた扉以外に出入り口がなさそうだ。

もう用はないな——と方向転換をしたところで、視界の端になにかが映った。

振り返り、真っ白い大理石の一角を見つめる。ちょうど、アーチ型の窓から差し込む日の光が当たるあたりに、灰色の物体が転がっていた。

見ようによってはとても大きな毛玉だ。誰かの帽子でも落ちているのだろうか？

なんとなくその毛玉が気になり、セレスティーンはゆっくりと近づいた。

大きな灰色の毛玉には埃が絡まっている。この塵《ちり》ひとつ落ちていない城の床をどう転がったらこんなに埃が絡まるのだろう。

「もしかしたらこの城中のごみの固まり？」

丸く見える物体にそっと手をのばす。するとまるでセレスティーンの動きを察知したかのように、灰色の毛がかすかに揺れた。

「ん？」

怪しい毛玉をモフりと掴んだ。表面はゴワゴワしているが、この毛玉は動物に違いない。掌から体温が伝わって来る。

「……兎《うさぎ》？」

両手で抱き上げよく見てみると、兎のようだった。長い耳がくたりと垂れていて、毛も長い。耳が垂れた兎を見るのは初めてなので、本当に兎かはわからないが、耳が長い動物は兎しか知らない。どうやら日向ぼっこをして眠っていたらしい。

「すごく汚れてる……でもよかった、生きてるみたい」

気持ちよさそうにひくひくと鼻を動かしながら眠っている。夢でなにか食べているのだろうか。

セレスティーンは動物が好きだ。このゴワゴワな毛をブラッシングしたくなる。

「ねえ、どうしてここにいるの？　この城で飼われているの？」

竜王の飼い兎だろうか？　竜王が飼っているのなら、自分が知らない品種の兎がいてもおかしくない。

だが、あの無表情でなにを考えているかわからない男が、兎を膝の上にのせている姿は想像できない。

　きっと城の誰かが飼っていて、逃げ出したのに違いない。もしくは外から迷い込んできて勝手に住み着いているか。後者のほうがありえそうだ。しかしこの城は動物すら一旦中に入ると出られない、複雑な造りをしているのか。

「入るのは簡単でも出るのは難しいって、昔聞いた童話にあった気がするわ」

　幼い頃、両親に異国の童話を読み聞かせてもらっていた。寝る前のあったかい時間。ひとりでいると、余計に優しい記憶が蘇ってしまう。

「早く家族に会いたい……」

　感傷に浸りそうになるが、今はそんな場合ではない。日が高いうちに、少しでも出口に近づかなければいけないのだから。

　膝の上にのせてもまだ眠っている兎を抱き上げて、セレスティーンは礼拝堂を出た。兎の埃がドレスにつくのが少し気になるが、そもそも城の探検用に見繕ってもらっているドレスだから、汚れることは想定内だろう。

「後できちんと洗って、汚れを落としてあげるわね」

　洗って乾かしたら、ふわふわな毛並みになるに違いない。とてもいい癒やしになる。

　兎一羽拾ったことで心が和んだ。無意識に笑みが浮かぶ。

「あなたが案内役をしてくれたら助かるんだけど……」

そこまではさすがに望みすぎだろう。なにせ、兎は自分が見知らぬ少女に抱かれてどこかに運ばれていることにも気づいていない。セレスティーンの腕に顎をのせてすぴすぴ寝息を立てている。

人懐こくてかわいいが、見知らぬ人間に運ばれても起きない暢気さが心配になる。

それに腕の中の温もりを微笑ましく思えていたのも、セレスティーンの腕が痺れてくるまでだった。しばらくはどの部屋の扉も開けずに、一本道の通路を歩いていたのだが、そろそろ腕が限界を訴えてきていた。

「ちょっとつらくなってきたわ……。ねえ、起きて」

ひとまずどこかに座って体勢を立て直したいと思っていると、通路の脇にいつの間にか椅子が一脚置かれていた。ありがたく椅子に腰をかけて、兎を起こそうと促す。何度か揺すってみると、兎は鬱陶《うっとう》しそうに目を開けた。

「あ、起きた」

数度目を瞬き、兎が顔を上げた。タレ耳がぴこんと動く。見知らぬ人物がいることに疑問符を浮かべているようだが、驚いて逃げ出すことはない。

「あら、目が綺麗な金色なのね。まるで竜王みたい」

ガルシアの目も金色だ。吸い込まれそうなほどに美しく、現実味がない瞳。一方、この兎の目は子どものような純真さが感じられる瞳だった。

灰色の毛に金色の瞳の兎は、短い前脚を使い、顔をもみゅもみゅ拭っている。垂れた耳が動くのも、なんとも愛らしい。

だが一向に膝の上から下りようとしない。兎はここまで人懐こい生き物だっただろうか。そもそも兎ではないのかもしれない。

ふたたび持ち上げて、床に下ろしてみた。温もりが離れるのは仕方ない。

すると兎は信じられないという、恨みがましい目で見上げてくる。膝から下ろしたことに抗議しているようだ。

「ちょっと重いからごめんね」

日向ぼっこをして寝ていたところを勝手に連れ出したのは自分だが、このまま放っておくつもりもない。綺麗に洗って、どこか兎の住み処になりそうなところを見つけてあげられたらと思う。

兎は二本足で立ち上がり、ドレスの裾を引っぱろうとしてくる。だがすぐに飽きたのか、動きを止めて垂れている耳をひくひくと動かした。

「どうしたの？」

そして、あまり軽やかとは言えない動作で、兎はぼてぼてと歩きだす。

ここが城のどこなのかもわからないので、セレスティーンも兎の後をついて行く。

ひとつ目の角を曲がり、五段ほどしかない階段を下りた。右へ左へと進む兎の後を追っていくと、猫の出入り口のような小さな扉に入ろうとする。

「待って、私はそんなところは入れないわ。あなたはそこから来たの？」

白い小さな扉は鍵もかかっておらず、自由に出入りが可能だ。頭を突っ込んだ兎の胴体を持ち、待ってとお願いする。すると、兎が迷惑そうな顔で振り返った。

「あ、あそこに扉があるからそっちから行きましょう」

猫用の扉のすぐ近くに、同じ形の扉が三枚。ただし大きさが異なる。

大人用、子ども用、幼児用だろうか。幼児用の扉も、四つん這いになれば通り抜けられそうだが、お尻で引っかからないかが少し気になる。

「これ、どこも同じところに繋がってるのかしら」

自由を取り戻した兎が、短い前脚で幼児用の小さな扉をペシンと叩いた。ここを開けろと言われているようだ。

「この扉がいいの？」

小さな取っ手を摑み、そっと開く。その隙間を、兎は迷わず転がるように入っていった。少し躊躇したが、セレスティーンもその後に続く。

「あ、よかった、通り抜けられた」

四つん這いで扉をくぐり抜けると、そこにあったのはカーペットでも石畳でもなく、短い草だ。それから中央に大きな木。

ドレスについた草を払い、目の前に聳《そび》える大きな木を見上げて驚いた。

「大きな木……ここは中庭？」

空にまで届くのではないかと思われる大木が、城の中庭の中央にどんと根を張っている。

青々と生い茂る草と、生命力を感じさせる大樹。どこからともなく入る風がさわさわと緑の葉を揺らす。

「気持ちいい……。こんなところもあるのね」

――でも、大人用の扉を使えばよかったんじゃ？

先ほどくぐってきた扉を確認したが、そこには小さな扉しかなく、その横に並んでいたふたつの扉はない。大人用と子ども用の扉は別の場所に繋がっているのだろうか。もしくは扉のような装飾だけだったのかもしれない。

灰色の兎は、おいしそうに草を食んでいる。その様子を微笑ましく見守りながらセレスティーンは木の幹に触れた。

大人十人が手を回しても、幹を一周できそうにない太さだ。何百年、何千年も生きてきたのだろう木に触れているだけで、心が落ち着いてくる。

木漏れ日が気持ちいい。このまま木の根っこに腰かけ、読書ができたら最高な気分だろう。

だが、癒やし効果が高い場所に長居するのは危険だ。自分の目的は少しでも早くこの城から抜け出すことなのだから。

「いけない、目的を見失いそうになるわ……」

緑に癒されていると、口をもぐもぐと動かしながら兎が近づき、セレスティーンのドレスをタシンと叩いた。ちょうどポケットに林檎を入れている場所だ。

「あ、そうだ、林檎があったんだわ。食べる？」

真っ赤な林檎を兎に見せると、その表情がみるみる輝きだす。

金色に光る目が潤み、恋をしているかのようにとろんとした。視線は林檎にくぎ付けのまま、耳をそわそわと動かしている。

ちらりとセレスティーンに視線を投げて、お伺いを立てているようだ。

「林檎一個はあなたには多いと思うんだけど、身体の負担にならない？　大丈夫かしら」

動物としての本能が強ければ、自分の負担にならない程度を心得ていそうだが、いまいちこの兎は野生動物としての自覚が薄い気がする。

迷っている間もじーっと見つめられて、まだ？　と懇願されている気分になり、セレスティーンは仕方なく林檎をひとつ兎にあげた。

兎は前脚で器用に林檎を受け取り、大事そうに抱えた。それから小さな前脚で皮を磨くような動作を始める。

「私も少しお腹が減ったわ」

もうひとつの林檎を取り出し、セレスティーンも掌でそっと汚れを取る。そもそも自分の手が綺麗とは言えないが、もうこの際気にしない。

カプリと一口齧った。じわりとした果汁が口いっぱいに広がり、渇いた喉とお腹が満たされていく。

「甘くておいしいわ」

大事に抱えて、夢中で林檎を齧っている兎の姿が微笑ましい。あなたもおいしい？　と訊きそうになり、口を噤んだ。

「ずっとあなたって呼んでるけど、名前くらいあったほうがいいわよね……」

この城に住み着いている兎がこの一羽だけとは限らないのだ。名前があったほうが便利だろう。

林檎を咀嚼《そしゃく》しながら考える。灰色のモフモフしたモップのような毛玉……。

「灰色……じゃかわいそうだし、毛玉とか？」

ぴくり、と兎の耳が動いた。夢中で食べていた林檎を抱えたまま、「なんだって？」と驚愕の視線を向けて来る。

実に人間らしい表情だな、とセレスティーンは思った。どうやらこの兎は普通の兎ではなく、人の言葉を理解する賢い兎らしい。

「毛玉？」

再度口にすると、まるで「それが僕の名前？　信じられない！」と訴えるように震えだした。視線がセレスティーンの持つ林檎に注がれる。お詫びにそっちも寄越せと要求されそうな剣幕だ。

「じゃあ、モップ。え、それもイヤなの？　そんなに埃まみれの灰色だからつい……」

そもそも兎の性別を知らない。

あれもイヤこれもイヤとお気に召さないようだが、性別がはっきりするような名前はつけにくい。

うーん、と悩んだ末に、故郷で飼っている馬を思い出した。灰色の毛並みのとても賢い馬の名前はアッシュレイ。その馬はこの兎のように埃まみれなどではなくきちんとブラッシングされて綺麗な毛並みをしていたが、馴染みのある名前の一部を使わせてもらうことにする。

「じゃあ、アッシュ」

ぴくんと兎のタレ耳が跳ねた。ぱちくりと大きく瞬きをする。

「どう？　アッシュでいい？」

鼻をひくひく動かし、「まあ悪くない」とでも言いたげな顔で残りの林檎を齧り始めた。どうやら及第点はいただけたらしい。

「ねえ、アッシュ。食事中悪いのだけど、私この城から出たいの。出口わかる？」

林檎を上げたお礼をしろとは言わないが、知っていることがあれば教えてほしい。綺麗に林檎を平らげて、何度か耳をぴこぴこ動かした兎は、ぼてぼてと飛び跳ねた。兎というより、やっぱり毛玉が舞い上がっているようにしか見えない。

アッシュは先ほどの小さな扉とは反対方向に進んでいく。すると、今度は大人も通れる大きさの赤い扉があった。

今まで見てきたのとは違う種類の扉だ。この城は場所によって構造も印象も異なっていて一貫性がない。

「中庭があるってことは、地上に近いのよね。あ、でもそうとは限らないかしら」

切実に城の見取り図が欲しい。アッシュなら見取り図の場所も知っているかもしれない。

アッシュは赤い扉を前脚で二度叩いた。開けろということか。

「ちょっと待って」

金属でできた金色の取っ手を摑む。が、押しても引いてもびくともしない。

「あれ？　あれれ？」

苦戦していると、実に人間くさい兎が溜息を吐いたように見えた。失礼な、と取っ手を摑んだまま別の方向へ力が入ると、扉がずるっと横にずれた。

「引き戸……」

押しても引いてもダメなときは、横にずらす。次からはその可能性を頭に入れておこう。

赤い扉の向こうは、レンガ造りの細い路地になっているようだった。室内とはとても思えない。

機敏であるとは言いがたい兎の後ろに続く。セレスティーンはきょろきょろと周囲を見渡しながら、用心深く歩いた。

天井が高すぎるのか、日の光が入って来ない。だが壁のところどころに光源があった。その光源をよく見れば、ガラスでできた球体の中に青白く光る植物がある。木蓮《もくれん》に似た大きな花が発光しているようだ。

「なんていう花かしら。とてもいい匂いがしそう」

しばらくの間石畳を進むと、壁の突き当たりに到着した。目の前に扉はなく行き止まりだ。

「ええ？　うそ、ここまで来てなにもないってことはないわよね？」

兎に尋ねる。が、首をこてんと傾けてセレスティーンを見つめるだけだ。実にあざとい表情だ。

「どこかに隠し扉とかがあるのかも」

目に見えるものだけがすべてとは限らない。それにもしここが隠し通路になっているのなら、きっとそう簡単に出口は現れないだろう。

レンガをいくつか触り、ひとつだけ僅かにでっぱりがあるのを見つけた。ゆっくりと撫でながら指で違和感を確かめる。

「もしかしてこれ？」

慎重にその少しでっぱったレンガを押したり引っぱったりしていると、カコンとなにかがはまったような音がした。そのレンガはくるりと半回転し、ちょうど手に収まる形でぽっこりと手前に飛び出て来る。

「これ、取っ手がわりかしら？」

レンガを摑んで引くと、先ほどまでは亀裂などなかったはずのレンガの壁が扉の形にくり抜かれ、人がひとり分通れる空間が現れた。

兎がすかさず跳ねながら進んでいく。

「待って、アッシュ」

セレスティーンは慌てて灰色の兎を追った。

すると数歩歩いたところで靴音が変わった。

青白く発光する通路から、今度は橙色の光に満ちた場所に出た。その景色は圧巻だった。

建物の五階分が吹き抜けになっていた。天井には豪奢なシャンデリアが橙色の光を放っている。そこは息を呑むほど美しい書庫だった。

「すごい……」

床や本棚、椅子や机や調度品はすべて木でできているようだ。

壁の色は空よりも深い青色で、全体的に静かで落ち着いているがどこか緊張感も漂う。幻想的な空間だ。

並べられている本の背表紙は色とりどりで、統一性がないようでいてなんらかの法則があるように思える。

一体どれだけの本が収納されているのだろう。膨大な本になにが書かれているのか想像もつかないが、セレスティーンの好奇心がくすぐられた。

——ここなら失われた本もあるのかも。

一部の人間にとって不都合な真実が書かれた本は、数代前のイルキシア王の勅命により焼かれてしまっていた。

クルゼはその者を王として認めていなかった。星を読み未来を占い、次代の王に相応しい者は別にいたのだ。だがその結果王位継承争いが起こり、実の兄を惨殺した弟が王位に就いた。

クルゼは他の賢者の一族に裏切られ、賢者の証である星の称号を剝奪されても、文句ひとつ言わず王都から去った。辺境の地へ追いやられたというより、自ら争いのない地を選んだのだ。仕える価値のない王にも見切りをつけたのだろう。

歴史の真実を知る者はおらず、その事実を知る人間も今ではほとんど存在しない。

「あ、そういえば兎……アッシュはどこ？」

セレスティーンより先を歩いていた毛玉兎は、日の差し込む窓の下で丸くなっていた。また日光浴を楽しみながら寝ているに違いない。

——食べるか寝るかしかしてないわね……。

一応案内してくれているようだが、なんとも怠惰《たいだ》な兎だ。しかし、兎はこんなものなのかもしれない。

セレスティーンは昼寝中の兎に構わず、本棚を眺めた。

この本棚は、どうやら年代順に並べられているらしい。随分年季が入っている。今からおよそ千年前の古びた本まで残っている。

「千年前って、さすがに間違いよね？　この国だって建国されていないわ」

その頃の大陸はどこまでも繋がっており、今のようにきちんとした国はなかったという。

セレスティーンは慎重に本棚から一冊を取り出し、頁をめくっていく。

「字が滲んでて紙も崩れそうだけど、それでもきちんと残ってるってことは、保存状態がいいんだわ」

文章は、古語で書かれている。現在、一般的に使われている言語よりも難しく、知らない単語が多い。だが意味合いはなんとなくは通じるものだ。

パラパラと頁をめくり、歴史書のようなものだとわかり、そっと本棚へ戻した。別の本棚から茶色の革表紙の本を取り出すと、知った名前が出てくる。

「……エディレナール・ノルベルト・バルディガス・マルク・デアヴェルデ・ガルシア」

何人分の名前なのかと思うが、これはひとりの名前であり、いわばこの本の主人公であるようだ。先祖代々の名前を継承するため、長すぎて本人たちも覚えられないだろう。

「ガルシアって竜王の名前だわ」

この時点で、セレスティーンはこの本が竜王の過去について書かれたものだと気づいた。ここにあるすべての本が彼の記録であるかはわからないが、千年前から綴《つづ》っているのなら、これだけあったとしても頷ける。

「あの人がどんな人生を歩んできたか、私には関係ないけど」

余計な情を持つべきではない。自分はこの城から出て行くのだから。

手に持っていた本をもとの場所に戻し、兎を回収しに向かった。だが先ほどの場所に灰色の毛玉は見当たらない。

「アッシュ？　どこ？」

視界の隅に映った兎は、何故か埃が溜まりやすそうな狭い場所に身を潜めていた。

長椅子の下で埃まみれの毛をさらに埃っぽくさせていて、セレスティーンは溜息を吐く。

「やっぱり毛玉って呼ぶわよ」

耳をぴこぴこ動かし抗議してくるが、知ったことではない。抱き上げるのも躊躇う汚さだ。セレスティーンは声をかけて移動を促す。

「本は大好きだけど、次に行きましょう。私は外に出たいの」

気持ちが伝わったのか、兎が長椅子の下から這いずり出てきた。だが、毛むくじゃらな毛で隠すようにしてなにかを持っている。

「え？　それなに？　どこかから取ってきちゃったの？」

林檎を食べていたときも、この場所に来たときも持っていなかったはずだ。兎は丸い水晶玉のようなものを大事そうに抱えている。先ほど食べた林檎と同じくらいの大きさだ。

――まさか林檎と間違えているんじゃ。

よくわからないが、高そうだ。壊されたら困る。

あの感情の起伏の少ない竜王が怒るかはわからない。機嫌を損ねて賭けに不利な条件をつけてきたらたまったものではない。

「危ないからこっちに渡して――」

しゃがみこんで手をのばしたときには遅く、兎の手から水晶玉がコトンと落ちた。セレスティーンの指先に触れたが摑むことはできず、コロコロと転がっていく。

「ま、待って、そっちには階段が……っ」

コツン、コツン。水晶玉は加速しながら階段を転がり落ち――。

「ああー！」

ガラスの割れる音が響いた。綺麗な球体の水晶玉は、腕のいい研磨《けんま》師でないと作れない代物だ。歴史的な価値もあるだろう。

急いで階段を下りて確認するが、水晶玉は粉々に砕け散っていた。

「……そんな……」

これは困った。持ち主に報告して謝罪しなくてはいけない。

せめてもの罪滅ぼしに、掃除をしておこう。本当は毛玉を責めたいが、兎に怒っても仕方ない。

「もう、やんちゃな兎なんだから……！」

砕けた破片《はへん》を集めるのに箒などがないか周囲を見渡す。しかしその間に、床に飛び散っていた水晶の欠片は、セレスティーンの目の前で細かい粒子に変化した。

どこからともなく風が吹く。その風に乗り、砕けた破片がさらさらと音を立てて消えていった。

「嘘、壊れた証拠も消えてしまったわ」

どういうことなのか。説明を求めても誰も答えてくれない。

「証拠が消えても、謝罪はしないとね……」

ドレスの裾をパパッと払い、反省しているのかわからない兎を連れて、別の扉を探す。

兎がぼてぼてと歩く後ろをついて行くと、青色の扉があった。兎がつぶらな瞳をじっと見上げてくる。ここを開けろということなのだろう。

「あれ、食堂？」

扉を開くと、いい匂いが漂ってきた。部屋の中央には長方形の大きなテーブルに椅子が並べられていた。ひとつだけ椅子の引かれた席があり、まるでセレスティーンのために用意されたかのように食べ物が並べられている。

ぐぅ、とセレスティーンの腹時計が空腹を主張した。

今が何時なのかはわからないが、朝食と林檎を食べただけだからお腹が減っていても無理はない。

「すごくおいしそう、ミートパイだわ。しかも焼きたて」

かぼちゃのポタージュに焼きたてのミートパイ。ご丁寧なことにナイフもある。パイを好きな大きさに自分で切っていいということだろう。

サクッとナイフを差し込んで一切れ分をお皿に移すと、じゅわりとした肉汁がパイの中から染み出てきた。中にはひき肉とみじん切りにされた玉ねぎとニンジンに、ゆでた卵がところどころに入っている。冷めてもおいしそうだ。

「パイはよくユアンと作ったっけ」

見習いとして薬草師のもとで働くユアンはまだ成人前の十五歳だ。拾われた頃は、口数も少なく懐いてくれるまで時間がかかった。それでも徐々に家畜の世話を覚え、パイ作りを共にするようになる頃には、「姉さん」と呼んでくれて親しい姉弟になっていた。

「ここに来てからもう二日……」

胸の奥がズキンと痛む。祖父や両親ももちろん心配しているだろうが、セレスティーンはユアンに弱い。初めて会ったとき、自分が彼の姉となって弟を守るのだと強く思ったからかもしれない。

まだ弟離れができていない自覚はあるが、ユアンもセレスティーンに過保護だ。いつも寝る前にはよく眠れるように、特製のハーブティーを持ってきてくれるのだ。思い出したらそのお茶すら恋しくなってきた。

パイやサンドイッチを食べ、果実水も飲み干した。

持ち運びが便利な携帯用の水入れも用意されている。これは便利だ。

用意されていたナプキンで口許を拭い、先を急ぐことにする。

「まだ時間はあるわね」

日は傾き始めているが、もう少し猶予はありそうだ。

今進めるうちに進んでおけば、次の日はもっと出口に近づける。

携帯用の水入れを持ち、食べ残してしまったことを少し心苦しく思いながら食堂を後にした。

食べすぎた様子の兎が、心なしか先ほどよりも歩く速度を落としている。ぼってぼって跳ねる姿は重そうだ。

「食べすぎよ、アッシュ。これで昼寝なんかしたらますますころころした毛玉に近づいちゃうわよ」

抗議するように垂れた耳をパタパタと動かし、兎が先陣を切っていく。相変わらずどこへ向かうのか、そもそもこれが正しい道なのかは不明だが、ひとりで闇雲に彷徨うよりはマシだ。

壁と壁の隙間に作られた通路を通り、木でできた梯子を登らされ、通気口のような真四角の穴に四つん這いで入らされた。全部アッシュの指示である。

出口を教えてほしいと言ったが、本当にわかっているのかいまいち怪しい。

たどり着いたのは物置小屋のような場所だ。

机の上に金色の懐中時計を見つける。なんとなく気になりそれを手に取った。

時計の裏にはなにかの刻印が刻まれていたが、そこまではっきりと読み取れない。

「時間が止まってる。竜王の眷属だったら直せるかしら」

もしこの懐中時計が直るようなら、この城にいる間、貸してもらえると助かる。もちろん、賭けに勝ったらドレスを含めすべて返すつもりだ。

針は零時を少し過ぎた時間で止まっている。

セレスティーンは金色の鎖が通されている懐中時計を、壊さないように首にかけた。

見たこともない楽器を興味深く観察してから部屋の出口を見つけたとき、外は夕焼け空になっていた。

「日が沈む――」

夜の帳が下りたら、またどこからともなく目の前にあの男が現れるだろう。

この城の主であり、自分を番だと言う竜王ガルシアが。

「――少しは進展があったか？」

低く温度のない声が静寂の間に響いた。「きゅい」、という毛玉兎のおかしな鳴き声が、張り詰めた雰囲気をつかの間緩めたのだった。


「行くぞ」と言われて連れて行かれたのは、部屋を出てすぐ近くにあった姿見の前だった。

全身を映す大きな鏡は、金色の装飾で縁取られている。

手首を摑まれたセレスティーンは、ガルシアの後に続くしかない。どうするのかと思いきや、彼は躊躇いもなく姿見に入っていく。

「え……っ？」

鏡の表面は歪み、抵抗もなく身体を呑み込んでいった。すり抜けたときに奇妙な感覚があったが、それも一瞬のこと。

鏡を抜けるとそこは誰かの居住空間のようだった。

「ここは？」

「我の部屋だ」

だだっ広い空間に寝台も浴槽もあり、生活に必要な調度品がそろえられていた。隣室に移動する手間を省いた合理的な空間とも言える。

竜王の身体に見合った大きな寝台を見て、心臓が跳ねた。昨夜の痴態《ちたい》や恐怖などを思い出し、身体に緊張が走る。身体の違和感は気にならなくなっていたが、胎内に埋められていた熱をまざまざと思い出し、さっと視線を逸らした。

バルコニーへと繋がる窓の外に大きな木が見える。見覚えのあるそれに惹かれ、セレスティーンは窓へ近づいた。

「あ、中庭の木だわ……」

どうやら竜王の部屋は、中庭の大木の中間あたりにあるらしい。

中庭の地面にまで到着できていたのに、気づけばまた高い階層にいる。

「地上が遠いわ……あ、そういえば水晶玉」

一緒についてきた毛玉兎が落としてしまった水晶玉を思い出した。

忘れないうちに謝罪すべきことはしなければ。

「あの、ごめんなさい。今日水晶玉をひとつ割ってしまったの。どこにあったのかはわからないんだけど、気づけばこの子が持っていて」

我関せずなアッシュに視線を向けた。すでにその水晶玉が失われていることを正しく伝えなければいけない。

割れた後、跡形もなく消えてしまったことまで話したが、竜王は怒ってはいないようだった。

「そうか」

返って来た言葉に拍子抜けする。もう少し詳しく説明を求められるだろうと思っていたため、首を傾げた。

「それだけ？　なくても特に困らないの？」

「構わん、好きに壊すといい」

この城にある物が壊れたときは、その物が寿命を迎えたとき。生き物にも無生物にも寿命は来る。それをいちいち咎《とが》めることはしない、とガルシアが端的に説明した。

——寿命だったから仕方ないなんて言われるとは思っていなかったわ。

物に執着しないと言っていた。これもそういうことなのだろう。

なんにせよ、お咎めがなくてよかった。彼の機嫌を損ねてしまえば、故郷に帰ることができなくなるかもしれないのだ。セレスティーンは内心深い安堵の息を吐いていた。

そしてついでとばかりに、先ほど見つけた懐中時計のことも尋ねる。

「針の止まった懐中時計を見つけたの。これはあなたの時計？　直したらまだ使えると思うんだけど」

金色の鎖がついた懐中時計を手渡すと、珍しいことにガルシアはじっくりと観察した。

「……これを見つけたのは、水晶玉を壊した後か」

「ええ、そうよ」

しげしげと眺めているので、もしかしたら大切な物だったのかもしれない。行方知れずになっていた思い出の品を見つけたら、誰しもこんな表情になる。

「勝手に持ってきてごめんなさい」

「壊れてはいない」

「え？」

「これは時間を計るものではない。別の役割を持っている」

詳しいことは説明されないまま、懐中時計はガルシアの懐に仕舞われた。やはり大事なものだったのだろう。そういうことなら、貸してほしいと言うわけにもいかない。

――でも一体なにを計るものなんだろう？

長針は零を指し示し、短針は少しそこより進んでいるが、秒針はなかった。

だが自分にはきっと関係ないこと。そう結論づけると、足元でもふもふ動いている物体に意識が向いた。

キュッキュッと肉球をこすり合わせて顔を撫で、兎が熱心に毛づくろいをしていた。

頭をごしごしと前脚で拭う姿はかわいらしいが、同時に、なんとなく憎たらしくもなってくる……。それに、その程度の毛づくろいでは汚れが落ちるはずもない。

——あ、汚れ……。

ふと自分の恰好を見下ろした。動きやすいドレスは埃っぽいし、全体的に薄汚れていた。兎ほどではないにしても、セレスティーンのほうも少し拭っただけでは汚れは落ちない。

「あの、お湯を使わせてもらえないかしら」

「いつでも」

返って来たのはたった一言。

——いつでも入れる準備ができているってことかしら。

「ありがとう」とお礼を告げて、すみっこで丸まっている灰色の毛玉を、もふりと抱き上げる。

「あなたも洗うわよ」

「きゅ？」

ぴくんとタレ耳が反応した。洗うという言葉を聞き取ったらしい。

浴槽のある場所へ近づくと、付近の床には水をはじく石が埋められているようだった。

階段を三段上ると、白い石で作られた大きな浴槽に温かな湯が張られてあった。

お湯を見て、腕の中にいた兎が逃げようと暴れ始める。

「あ、こら！　洗わないからそんなに汚いのよ」

兎が必死で抵抗する。ぴょんと腕からすり抜けて、走り去ろうとした。

「その兎捕まえて！」

そばにいたガルシアに思わずお願いする。彼は言われた通り、目の前を横切る兎の両耳を片手で摑み持ち上げた。兎が激しく抵抗する。

「だ、ダメよ、そんな持ち方。かわいそうだわ」

捕まえろと言ったではないか、という抗議の意思を視線から感じる。言葉ではなく視線で訴えてくるところがこの兎とそっくりだ。

特に躊躇いもなく、ガルシアはパッと手を放す。すると、ぼてんと兎が床に着地した。

兎は耳を摑まれたことに衝撃を受けたのか、唖然とした様子で固まっている。

「それを洗うのか」

「そうよ」

「誰が」

「私が」

めったに動くことのない柳眉がゆっくりとひそめられる。そんなにも兎を洗うのが不満なのだろうか。

そこでセレスティーンははっとした。他人の浴室を使わせてもらうのに、汚れた野良兎を、許可なく浴槽へ入れるのはいかがなものか。確かにやりすぎたかもしれない。

「ごめんなさい、先にあなたに訊くべきだったわ。この子、城の中で昼寝していたのを見つけたんだけど、この城で飼っているの？」

ガルシアはちらりと兎に視線を向ける。兎も首を上げて見つめ返していた。やはり人間ください。

「……飼ってはいない」

「それなら、勝手に入ってきちゃったの？　やっぱり野良かしら」

「住むことは許可している」

つまり、飼っているわけではないが、ここにいるのを黙認しているということか。

——竜族が兎の肉を食べなくてよかったわね。

地域によっては人も兎を食べると聞いたことがある。クルゼでは兎を食べる習慣はなかったが。

「大きめの容れ物ってある？　この子を洗うのに使えそうな」

「……」

するとガルシアがどこかへ向かった。返事もせずにいなくなったが、きっと探しに行ってくれたのだろう。彼はなんだかんだ言ってセレスティーンの言葉を聞いてくれる。

——さて、この子を洗って、私も身体を洗って……。って、入浴の間あの人はどこかに行ってくれるのよね。

この部屋には視界を遮るものがほとんどない。浴槽は数段高い位置にあるが、長身の竜王には大した段差ではない。

これでは身体を洗うところも湯に浸かるところも、すべてを視られてしまう。すでに裸を見られているとはいえ、湯あみ中を観察されるのは落ち着かないし気恥ずかしい。

昨夜は特殊な媚薬の所為《せい》で自分が自分ではなかった。だからまだガルシアとの距離感もわからなければ、昨夜のことをまだ整理できていない。性的な触れ合いをされて、嫌悪を感じるか、はたまた快楽を感じてしまうか自分でも想像がつかないのだ。

――賭けだからって身体を差し出すことを割り切るのは、時間がかかるわ……。

ついぼやいてしまう。

「……ねえ、まさかと思うけど、あの人一緒に入るなんて言わないよね？」

抱き上げた兎に訊いてみるが、首を傾げただけだった。そもそも兎に訊くほうが間違っている。

兎を抱いたままどうすることもできずに立ちすくんでいると、ガルシアが戻って来た。手には大きな容器を持っている。金属でできているようだ。

「探しに行ってくれたのね、ありがとう」

浴槽に容器を入れてお湯を移す。そのままそれを床に下ろすと、隙あらば逃げようとしている兎を入れた。

「ちょっと大人しくして、怖くないから」

兎の胴体は半分も浸かっていない。適温のため熱くもないはずだ。

近くに置かれてあった、花の香りのする固形石鹸《せっけん》を手に取り、灰色に染まった毛に直接撫でつける。セレスティーンの手についた泡がすぐさま灰色に染まった。

「すごく、汚れてる……。あなた一体どんなところで暮らしてたの」

知らんぷりを決め込んでいるのか、タレ耳をこちらに向けようとしない。仕方がないから大人しくしててやるというようなふてぶてしさすら感じる。

部屋の主の存在を忘れ、セレスティーンは薄汚れた毛玉を念入りに磨き上げた。汚れたお湯を何度も換えて、ようやく水の濁りがなくなる。すると、灰色の毛玉だったアッシュは、見違えるような真っ白な兎に変身していた。

「本当はこんなに白かったのね！　雪の化身みたいだわ」

濡れているためふわふわにはなっていないが、乾いた毛並みを整えれば惚れ惚れするほどの美しさになるだろう。

「もう十分だ」

水気を拭い乾かそうとするセレスティーンに声をかけたのは、それまで静観していたガルシアだった。

「え？」

たっぷり水分を含んだ状態のアッシュを、ガルシアは乱雑に扱う。ポイッと洗い場から放り投げた。「きゅいーっ」と、兎から抗議の声が飛んでくる。

「ちょっと、なんてこと……」

「これ以上アレに構うことはない」

淡々とした口調からは、彼の真意が読み取れない。だがなんとなく不機嫌だということは伝わってきた。

兎が怪我をしていないか気になり、竜王の脇から姿を探すと、白くなった毛玉は、全身を身震いさせて水気を切っていた。特に問題がなさそうでよかった。

だがほっとしたのもつかの間、竜王が一言発した。

「湯が冷める」

「え？」

入るなら早く入れと促されているのだと気づいたときには、セレスティーンのドレスは脱がされかけていた。

「ま、待って、いきなりなにっ？」

「早く脱げ」

ひとりで着脱できる簡素な造りのドレスだが、生地もいいし仕立てもいい。華美な装飾が一切なくても、上質で高価なドレスだということはわかる。

だが、そんなことは竜王には関係ないのだろう。抵抗するなら破くぞという意思が伝わり、セレスティーンは必死で言葉を探した。

「自分で！　自分で脱げるから」

「遅い」

「遅い!?　遅くないわよ、自分で身支度できるドレスだもの。そんなに煩わしいなら、男性用の服を用意して。汚れを気にしなくていいし、村でもよく着ていたから慣れているわ」

しかしその要求はすげなく跳ね返された。

「断る」

「何故？」

「男の恰好など面白みがないだろう」

「……」

——私は、あなたを楽しませるために服を着ているんじゃないのよ。それに私は餌なんじゃないの？　餌に服を着せて楽しむなんて意味がわからないわ……。

竜王がなにを考えているのかまったくわからず、疲労感を覚え始めていたとき、ドレスが足元に落ちた。

「あ……」

女性のドレスの構造など知らなそうなのに、ガルシアは手際よく脱がしていく。

あっという間に下着姿になり、セレスティーンは咄嗟に両腕で身体を隠し、しゃがみこんだ。下着にまで触れられるのは許さないと、下から睨みつける。

しかし神々しい美貌の持ち主はそんな些細な抵抗などさらりと受け流し、涼しい顔をしていた。

「……まさかとは思うけど、私を洗う気じゃないでしょうね？」

「何故」

「違うならいいのよ、あっち行っててくれる？」

「嫌がるあやつを強引に洗ったのはそなただろう。何故自分がそうされぬと思っている」

「は、嫌がるあやつって、兎のこと？」

兎の抵抗を無視して無理やり洗ったのは確かにセレスティーンだ。

つまり、それが自分に跳ね返ってくるだけ。何故それを不思議に思うのだ、と訊いているのだろうか。

――一緒にされても困るわよ……。

人の手が必要な兎と自分とではわけが違う。セレスティーンは侍女に身体を洗ってもらうのが当然なお姫様などでもない。

羞恥心という概念も、きっとこの男には理解できないに違いない。一度身体を重ねているのだから、なにを今更？　と言われるのがオチだ。

「私はあなたの手助けなど必要ないから、放っておいていただいて大丈夫です」

「遠慮はいらぬ」

「遠慮じゃないから！」

本気で言っているのだろうか。表情が変わらないからいまいちわからないが、冗談を言っているようにも思えない。

「番の面倒をみるのも竜族の本能だ。諦めろ」

抑揚のない声は嫌なのかどうかも判断がつかない。

しゅるり、と衣擦れの音がする。セレスティーンの視界に、ガルシアの身に着けていた真っ黒な上衣が落ちてきた。

「あなたも脱ぐの!?」

彼は一切の躊躇いもなく身に着けていた衣服や装飾品を落としていく。どさり、という重そうな落下音から、厚く上質な生地であるのがわかった。

城内の温度は、標高が高いにもかかわらず適温に保たれていて過ごしやすい。それなのに結構着込んでいるのを見ると、竜王は寒がりなのかもしれない。

引き締まった身体は惚れ惚れするほど美しく彫像のようだが、セレスティーンはすぐに視線を逸らした。

明るい部屋で直視するものではない。目の毒とはまさにこのことだと、難しい顔で唸る。

現状をどうすることもできない非力な自分が歯がゆい。

——うう、なにこの状況……！　一緒にお風呂なんてユアンともしたことがないのに……。恥ずかしいし叫び出したくなるし、いっそのこと逃げてしまいたい。

羞恥心と、身体に残った昨夜の記憶を思い出す。理性をぐずぐずに溶かされて強制的に快楽を覚えさせられた身体は、セレスティーンの意志とは関係なく、なにかに期待するかのように脈拍が速くなる。恐怖心だって残っているはずなのに、どの感情が一番強いのか自分でもわからない。

うずくまっているセレスティーンの心情をガルシアは知らない。

すると、竜王は小さく丸まっているセレスティーンの身体を持ち上げた。

「ひゃあ！」

両脇の下に手を入れられ、子どもを持ち上げるように抱き上げられる。その浮遊感に驚いていると、膝裏に片腕が通され横抱きにされた。

「ちょっ、イヤ下ろして」

「断る」

——もしかして、怒ってる？

　これまではある程度要求が通っていた。兎を洗うのだって協力してくれたのだから、そのことに怒っているわけではないだろうが、洗われる兎を見て竜族の本能が刺激されてしまったのだろうか。

　要求は通らないまま、先ほど兎を洗っていた洗い場へ連れられる。石の床に下ろされると、浴槽の湯を容器に汲んで、それを頭上からかけられた。

「きゃあ！」

　温かなお湯が頭からつま先まで伝っていく。まだ身に着けている下着がびっしょりと濡れた。

　下着が身体にはりつく不快感を覚えていると、もう一度容赦なくお湯をかけられた。

「いきなりなにするの」

「洗ってやると言っただろう。そなたが兎にしたのと同じようにしてやるのだ」

「了承した覚えはないわ！」

　想像しただけで恥ずかしく、裸足で逃げ出したくなるが、この城のどこにいても竜王は現れる。つまり、逃げることなどできないのだ。

　濡れた下着に手をかけられた。自分で脱ぐと言っても、大人しくしていろと返される。

　小ぶりながら形のいい乳房が外気に触れた。

　ガルシアの手がセレスティーンの腰に触れ、そのままゆっくりと柔らかな双丘へ下りていく。ぴったりと肌にはりついた下着の中に手を差し込まれ、両手で下ろされる。

「ふ……っ」

咄嗟に口許を手で覆った。現実離れした美しい男が自分の下着を下ろしているという、ひどく淫靡な光景にくらくらと眩暈を覚える。

足を上げさせられて片足ずつその布切れを脱がされた。小さく丸められて隅に放られる。

全身を舐めるように見つめられ、セレスティーンは硬直した。奇妙な緊張感がその場を支配する。

どこに視線を定めたらいいのかもわからない。目を合わせたらその視線の強さに射貫かれそうになるし、視線を下に向けることなどもちろんできない。男性の性器を見たのは昨晩が初めてだったが、その生々しさにはいまだ恐怖を覚えているのだ。

そうしていると、ガルシアは薄紫色をした液体の入った小瓶を手にした。瓶を傾け、とろりとした液体を手に取ると泡立て始めた。

液状の石鹸だろうか？

セレスティーンは固形石鹸しか目にしたことがない。そのため、兎を洗ったときも固形石鹸を泡立てて使ったのだが、もしかしたらそれが気に食わなかったのだろうか。

確かに、甘すぎず爽やかな香りがする。

「いい香りね、それ。お気に入りなの？」

「特に気に入っているわけではない。用意されているから使っているまでだ」

「そう、あなたが好きなものはないの？」

「……どれもそれなりに気に入っている」

少し間があったが、嫌いなものは置いていないということだ。もしかしたら今まで自分自身の好みなど、深く考えたことがなかったのかもしれない。不快感がなければそれでいい、と思っていそうだ。

この石鹸は泡まで薄紫色をしている。これも竜族の特別な花や草木から抽出したのだろうかと感心していると、ガルシアが泡にまみれた手を直接身体に擦り付けようとしてきた。

「逃げるな、危ないだろう」

「だって、触ってこようとするから」

無表情だが、その目は「なにを言っている」と文句を言っているようだった。やはり、どことなく兎と通じるところがある。

「肌に触れなければ洗えぬだろう」

正論だ。が、はいそうですね、と頷けないのが乙女心だ。

「あなたは平気かもしれないけど、乙女心は繊細で複雑なのよ」

「そんなことは知らぬ」

「その傲慢さ！　神話世界の生き物だからって、なんでも許されるってことはないのよ」

「だが実際そなたは我に敵わぬではないか。所詮は人間だ。竜には勝てぬ」

「なんですって？」

「それに我のこの顔は嫌いではなかろう？」

「はあ!?」

セレスティーンは美醜にこだわりはない。誰が見ても美の権化と思うに違いない竜王の顔だが見惚れてしまったことはないはずだ。……多分。

確かにその気品と美貌で命令されれば、異を唱えられる者は少ないだろう。どことなく勝ち誇っている様子のガルシアが少し憎たらしい。

「美しいものに惹かれるのは自然の摂理だ、無理もない」

「あなた、自分のことを美しいと思っているわけ？」

「我は美醜にこだわらぬが、我の眷属が褒め称えるのだからそうなのであろう」

しれっと言った後に、「そなたの低い鼻は愛嬌がある」などと言われたって褒められている気がしない。

「ちょっとは乙女心理解しなさいよバカ！　見てなさい、いつか美しいって言わせてあげるんだから！」

自分でも論点がずれているとは思うが、勢いのまま宣言してしまった。勝ち目のない戦いである。

だが竜王が虚を衝かれた顔をしたので、セレスティーンは少し溜飲を下げた。

けれどこのまま抵抗すると身体を縛ってでも洗うぞ、と脅し文句を言われ、セレスティーンはぴたりと口を閉じる。

羞恥に耐えながら、ガルシアの手から必死に逃げようとするが、その手が触れる箇所に神経が集中し、なかなか力が入らない。

「ん……」

首から肩に手がすべり、そのまま胸に泡が擦り付けられる。背後から抱きしめられるように胸をすくいあげられ、丹念に泡が塗り込まれていく。

胸の頂を刺激されれば、ぷっくりと存在を主張した。ガルシアは二本の指でその頂を挟み、指の側面を使って擦りあげる。すると昨夜も感じた疼きが下腹の奥から湧き上がってきた。

今日はまだ口づけを交わしていない。催淫効果のある竜王の唾液を飲んでいないのにもかかわらず、何故自分の身体は疼いているのか。

――私はそんなに淫らで浅ましくなんてない。

これは入浴を補助されているだけだ。そう思い込もうとするが、彼の手つきはどんどん大胆になっていく。

片手で胸を執拗に弄りながら、もう片方の手が胃のあたりから臍へと下りていく。泡のすべりを使い、掌全体でお腹の中心を円を描くように撫でられれば、その奥がさらにずくんと切なげに疼き、秘められた泉から蜜が潤んでいく。

――触れられているだけなのに、なんで……。

もしかしたら、この泡にも媚薬と同じ効能があるのだろうか？　そう考えれば身体の変化も理解できる。

「ねえ、この泡は普通の石鹸なの？」

「何故」

「だって、なんだか身体が変……」

竜王の唾液ほどではないが、確実に快楽を拾っていくこの身体の変化はどう考えてもおかしい。性を知ったばかりの身体がこうも簡単に反応することがあるだろうか。

「極めて弱い媚薬の効能がある。遅効性で少し気持ちいいと感じる程度だ。すぐに乱れることはないはずだが」

低い美声が腰に響き、さらなる蜜が分泌される。

乱れているわけではないと反論したいが、身体の熱が少しずつ上がっているのがわかり、説得力に欠ける。

これ以上この泡を身体に塗り込んでほしくない。触れられている肌がどんどん敏感になっていく。

「はぁ……っ」

吐息が熱っぽい。

しっかりと立っていられなくなってきた。そんな状態を見抜かれ、ガルシアに浴槽の縁《ふち》に座るよう促される。

湯気を全身に浴びることで、さらに身体が火照っていく。背中や腰、お腹周りも泡で丹念に汚れを落とされると、ガルシアの手は下半身にのびた。

太ももをするりと撫でられて、その手がふくらはぎを通りつま先にまで到達する。

全裸で足元に跪《ひざまず》き、人間の娘の足を洗っている美しい男。その様はひどく罪深いものに見えて、セレスティーンは目を背けた。

「ん……」

指を一本ずつ洗われるのがくすぐったい。つま先まで性感帯になってしまったかのようだった。

――どうしてこんなことまで……。

この男の真意がわからない。

食事をしたいだけなら、こんなふうに手間をかける必要もないはずだ。もっと効率よく、好きに貪ればいい。

それとも羞恥に悶えるセレスティーンの姿を見て、辱めたいだけなのだろうか。

――だとしたら悪趣味だわ。

嫌がる姿が見たいのだとしたら、そんな姿は意地でも見せてやるものか。だからと言って、気持ちいいと言って受け入れるのも矜持が許さない。

残された選択肢は、声を出さないこと。それがセレスティーンのささやかな抵抗だった。

「流すぞ」

一言呟き、たっぷりのお湯をかけられた。

頭から容赦なくかけられて、その豪快な刺激は却って身体の火照りを鎮めてくれた。気遣われているようでいて雑な扱いを受けている。

それなのに、セレスティーンを湯に浸からせたまま頭を浴槽の縁にのせさせて、髪まで洗いだすのだから疑問だけが増えていく。自分は全裸で浴槽の外にいるのだ。風邪を引かないのだろうか。

――一体、どういうことなの……。

「そんな恰好で、寒くないの…？」

「なにを言っている。竜の姿のときはなにも着ていない」

「……そういえば、ずっと人間の姿でいるけど、それはどういう感覚なの？　違和感とかはないの？」

「城の中ではずっとこの姿だ。もう違和感はないが、竜化したときは解放感がある」

確かに大空を思いっきり羽ばたくほうが、自由になれて解放感もあるだろう。

そうこうしているうちに、ガルシアは髪を洗い終え、また雑にお湯をかけた。

全身を竜王の手で磨かれてさっぱりしたのはいいが、とてつもなく疲労を感じた。

溜息をつき、肩まで湯に浸かる。

ガルシアも自身の身体を手早く洗い終えると、湯に浸かってきた。彼の銀色の髪は、濡れると少し青みがかった色に見える。水気を含んだ蒼銀の髪は、やはりこの世のものとは思えぬほど美しい。だんだんと彼の裸体も見慣れてきたせいか、恥ずかしいと思う気力も湧いてこなくなっていた。

――私と正反対だわ。

セレスティーンは、濡れた鴉《からす》の羽の色。深淵の闇を凝縮したような黒髪は、星の瞬きを見て未来を読む夜の一族には相応しいと言えば相応しい。群青に金粉が散りばめられた瞳も夜空を凝縮したようで、クルゼの血族にしか受け継がれない不思議な色合いだ。

セレスティーンは一族の証である瞳を気に入っている。

「……他に質問はあるか」

唐突にガルシアが訊いてきた。

「はい？」

「ないならなにか話せ」

——脈絡がない……。

静かな双眸がじっと見つめてくる。その表情から読み取れるものは少ない。けれどどこか歩み寄ろうとしているようにも見えた。

「なにかと言われても、竜王様がお気に召すような話なんてないけれど……。子どもを寝かしつけるような物語が聞きたいわけじゃないわよね」

「さして興味はない」

まあ、そうだろうとわかっている。寓話やおとぎ話にも関心がないだろう。もしかしたらすでに知っているかもしれない。

千年以上生きる竜王に歴史の話をするのもおかしい。むしろこちらが聞きたい。竜王が持つ知識は人と比べものにならないはずだ。

——それなら村での生活？　なにか面白い話でもあったかしら……。

なにもせずに二人で湯に浸かったまま沈黙しているのは非常に気まずい。淫靡な空気を思い出してしまう。確かになにか話していたほうがいいかもしれないと思い直し、セレスティーンは記憶を漁る。

そこでふと、彼に聞きたいことがあったのを思い出した。

「そうね……じゃあ質問でもいい？」

「なんだ」

「番って結局なんなの？　どうして私が番だってわかるの？　自分で言うのもなんだけど、私は竜王様の番に選ばれるような美女でもないし貴族でもないわ。あなたがなにを基準にしているのかわからない。人違いかもしれないわよ」

これまでは思いつきもしなかったが、こうしてゆったり対面していると、どうして最初に尋ねなかったのだろうかとも思えてくる。

「……我の番はそなただ。人間に番の定義を理解させるのは難しい。本能的にわかる自身の片割れ。人間の言葉では伴侶が近いが、もっと根源的なものだ」

「……まったく意味がわからないわ。竜族はみんなわかるものなの？」

「番と出会えばわかる。だが出会わずに一生を終える者もいる」

「そう、運命の相手がわかるって便利ね。でもそれって両者が惹かれ合わなければ大変だわ」

互いが互いを番だと認識できるなら問題ないだろう。だがそうではない場合、一方だけの想いだと苦労する。

人間の場合も同じだ。突然現れた人に「あなたが私の運命の相手です」と言われても、なにを言っているのだと正気を疑うだろう。

たとえ番が運命の相手でも、その人物を好きになるかは別なのではないか。心の結びつきを無視して傍に置いたって虚しいだけだ。

もやっとした感情がセレスティーンの中に渦巻いた。この男は、番を見つけて嬉しそうには見えない。面倒をみるのは本能だとしても、セレスティーンに対する感情がなんなのか伝わってこない。

「あなたは別に番に会えて嬉しそうには見えないけど」

念願の番に会えた嬉しさがまったく感じられない。するとガルシアはセレスティーンの予想通りの言葉を返す。

「我は番に出会わずに一生を終えるつもりだった。千年以上生きて、何故今更そなたが現れたのか――」

最後の言葉に混じるのは確かな苛立ち。ガルシアは番を望んでいなかったのだ。

「我の感情を乱し、心に入り込む。実に忌々しい……。本能に抗えず、手放すこともできず、そなたの姿が見えぬと落ち着かない。一体この感情はなんだ」

ガルシアの瞳に剣呑《けんのん》な光が宿る。セレスティーンは僅かに息を呑んだ。

沈黙が流れる。どことなく居心地が悪い。

「私もう……」

湯から上がろうと腰を浮かせたが、手首をグイッと引き寄せられた。

「キャアッ」

派手な水音が響いた。一瞬後に身体はガルシアに抱き寄せられていた。

「なにす……」

身体を膝の上にのせられる。端整な顔が間近に迫り、セレスティーンは驚いた。

「放して、竜王様」

すっと目が細められた。まるで心の奥まで射貫いてくるようだ。

「っ……！」

文句など受け付けない。そんな傲慢さを秘めた荒々しい口づけがすぐさま降って来た。

掴まれた顎が痛い。顔だけ振り向かされる体勢で口づけられている。

唾液と一緒に甘いなにかが流し込まれ、それが媚薬だとわかるが飲み込まざるを得なかった。

瞬時に身体の中が熱くなる。先ほどまで感じていた穏やかな空気とは段違いの荒々しさに肌が粟立つ。

「ん、んん……」

上顎も下顎もくまなく舐められ、舌が逃げ場を失う。容赦なく舌に吸い付かれると、その刺激が脳にまで届いた。ビリビリとした痺れを全身で感じる。

飲み込みきれない唾液が顎を伝い湯に混じる。

──思考が溶ける……頭が動かない……。

これは媚薬なんて甘いものではない、強力な毒だ。

竜王の唾液が他の人間にも効果があるのかはわからない。もしかしたら番にしか効かないのかもしれない。

けれどセレスティーンは自分が竜王の番と言われても、まだ自覚は生まれていなかった。そんなものを本能的に察しろと言われても無茶である。

ガルシアの腕を叩いて苦しさを訴える。ようやく唇が解放されたのは、身体中に竜王の媚薬が回りきった頃だった。

「はぁ、はぁ……」

息が荒く、子宮が切なげに存在を主張する。蜜壺からは湯とは違う粘液が溢れ出ていることだろう。

身体を反転させられ、向かい合わせになった。彼の膝にのせられたまま、抱き着く体勢をとらされる。

「蕩けているな」

すっと割れ目を指でなぞられた。些細な刺激も快楽に変わる。

「ん――っ」

「随分たくさん溢れさせているな」

誰の所為だ。声にはならない文句を視線にのせた。

セレスティーンの反抗的な目に、ガルシアがうっすらと笑みを浮かべた。その表情にセレスティーンはしばし呼吸を忘れる。

本能的ななにかを感じた。危機感とも呼べるなにかを。

力の入らない腕を懸命につっぱると、ガルシアの身体はあっさり離れた。しかし彼はすぐさまセレスティーンの腰を掴むと浴槽の縁にのせ、大きく脚を広げてくる。

「や、なにす……ンンッ」

蜜を零す泉に口を寄せられて、舌でぞろりと舐められる。じゅるじゅるとした水音が響く。

分泌液を舐められては吸い取られる感覚と、耳を犯す水音がセレスティーンの感度を高めていく。

「や、ぁあ……」

「――甘い」

何故か苦いものが混ざったような声で甘いと呟かれた。だが竜王の複雑な心情を考える余裕もなく、セレスティーンは声を堪えるように唇を噛む。

それが気に食わないのか、ガルシアは容赦なく責め立てる。ぷっくりと膨れた花芽を舌で押しつぶすようにこね回し、そしてきつく吸い付いた。

「ッ！　アア――……」

目の前がチカチカとして、身体の熱が一瞬で弾けた。女性器で一番敏感な箇所を刺激され、強制的に高みに昇らされる。浮遊感の後にどっと疲労感が押し寄せてくるが、そこで意識を飛ばすことは許されない。

「まだだ」

「ア……」

キュッと胸の頂を摘ままれて、意識を引き戻される。強めの刺激さえ快楽に変換されるのだから、自分の身体がおかしなことになっているのを認めるしかない。

こんなの自分ではない――。そう思いたいのに、一度快楽を知ってしまった身体は従順だ。なにをされれば気持ちよくなれるのか知ってしまっている。そして身体を傷つけないように、さらに愛液が分泌されて雄を受け入れる準備をしていた。

「存分に喘ぐがよい。我を魅了してみせろ」

耳元で囁かれると、下腹がキュッと収縮した。その瞬間、雄々しく反り返った屹立を一息で最奥まで挿入される。

「――っ、ああ……ン！」

貫かれたまま身体を持ち上げられ移動させられる。

不安定な体勢を少しでも安定させたくて、セレスティーンはガルシアの首に腕を回すようにして抱き着いた。

水滴がぼたぼたと床に落ちるのも構わず、彼は濡れたままセレスティーンを寝室へ運ん

だ。その間の振動も膣内に刺激を生むのでたまらない。

「あ、ああ、やぁ……んぅ」

身体を寝台のシーツの上に下ろされると同時に、挿入されていた彼の欲望が抜けた。その感触にすら肌が粟立ち、呻きが漏れそうになる。

寝台の上にはタオルが二枚置かれていた。そのうちの一枚をセレスティーンに使い、水気を拭う。そしてもう一枚で自身の身体を拭き、ガルシアがふたたび覆い被さって来た。

いつの間にか彼の髪は乾いていた。

艶のある髪がひと房落ちて、セレスティーンの視界を遮る。光をはじく輝きに一瞬目を奪われた隙に、ふたたび灼熱の杭が埋め込まれた。

「んああ……ッ！」

ググっと内臓を押し上げられる感覚が苦しい。それなのに身体は竜王の媚薬に支配され、そんな不快感すら気持ちよさに変換される。

蜜で潤った膣壁が本能的に異物を締め付けた。頭上から悩ましい吐息が漏らされる。

「ふっ……」

苦しげに柳眉を寄せる表情に、何故だか胸の奥がキュッとした。

めったに感情を覗かせない彼の艶っぽい表情に、心臓が騒ぐ。

自分でもどうして気になるのかわからない。だがこれ以上は深く関わってはいけないと自分に言い聞かせた。

——私は、ここから去るんだから。

パンパンと肉を打つ音が響く。ぐちゅぐちゅとした淫靡な水音も鼓膜を犯していく。

「あ、ああ、んっ、ぁあ……ッ」

身体からじんわりと汗が滲み出ていた。男の圧倒的な力によって抵抗力は奪われ、身体が振動に合わせて揺さぶられる。

ガルシアにとっては竜族の本能に従い、番の精を貪っているだけ。きっと特別な感情がこめられているわけではない。

意識を保てず朦朧《もうろう》とする。そんなセレスティーンを咎めるように、竜王に首筋を噛まれた。

「アア——っ！」

鋭い痛みが走る。その痛みすら快楽に変わるのだから、この身体はもはや竜王に作り替えられてしまったのだろう。じわりと涙が目に溜まった。

「その血も蜜も涙一滴も、全て我のものだ」

「い、やぁ……」

痛みで零れた涙を舌で舐めとられる。ガルシアの舌はそのままセレスティーンの唇をなぞり口の中に侵入する。

「んっ……、ンン……」

口内をくまなく舐められ、貪られる。唾液も全部自分のものだとでもいうように、所有権を主張されている気分だ。

これが竜王の食事なのだから仕方ない。そう自分を納得させる反面、何故だか虚しさを覚えてしまう。

――虚しいだなんて、そんなの錯覚だわ。

揺らぎそうになる自分の心を否定する。執拗な口づけが終わると、セレスティーンは荒い呼吸を繰り返しながら強く竜王を睨みあげた。

「私は、……家族のもとに帰るの」

今は仕方なく身体を差し出しているのだ。早く出口を見つけ、賭けに勝った暁には約束通り願いを叶えてもらう。

すると、ガルシアの金色の双眸が揺れた。隠しきれない苛立ちが伝わって来る。

「そうか……。ならば我を殺してみたらどうだ？　そなたでは城から抜け出せまい」

「な、に言って……」

「我を憎め、それができぬなら……」

抽挿が激しさを増す。

身体の内側に熱がこもり、最奥を容赦なく突かれる。言葉にならない嬌声がひっきりなしに漏れるのを堪えていると、ガルシアが絶頂を迎える瞬間、彼の手がセレスティーンの首にかかった。

「――ッ！」

片手でグッと首を絞められる。

苦しさに喘ぐ姿をガルシアが狂気を孕んだ目で見つめていた。視界に映るのは互いのみ。他に意識を向けることを許さぬという意志が伝わって来る。

ぞくっとした震えが全身を駆け、咥え込んでいる竜王の欲望を反射的にキュッと締め付けた。

「クッ……」

竜王が中で吐精した瞬間、首の絞め付けから解放された。酸素を思いっきり吸い込み、激しく咳き込む。

その様子を彼は黙って見つめていた。絶頂を迎え、萎《な》えた雄を抜かぬまま。

――なにを考えているのかわからない……。

言葉が通じているのかも不安になる。やはりそんな相手の傍にはいられない。

憎めと言いながら首を絞める危険な男の傍にいたら、命がいくつあっても足りないだろう。

――早く帰らなくちゃ……みんな心配しているもの。

苛烈な金色の目にじっと見つめられたまま、セレスティーンは意識を手放した。

「……好きなだけ逃げて、生きればいい」

ガルシアの呟いたその声は、セレスティーンには届かなかった。

# 第三章

城内がこれほど騒がしくなるのは何百年ぶりだろう。

竜族は国を持たず、それぞれが自由に生きる。番を持たない者は単体で暮らし、自由を愛し自然と共存する。単独主義の竜族だが、その血には絆というものが存在し、力の強い者が王として君臨する。どこにいても竜王の気配は感じ、招集がかけられたときはすぐにこの城に集まるのだが……そんな有事などめったに起きないので、ガルシアが同胞を呼ぶことはないに等しい。

人間の娘がひとりいるだけでここまで活気づくのか。竜王はゆったりとしたひとり用の椅子に腰かけながら、目に意識を集中させた。

この城の敷地内であれば、金色の瞳に死角はない。どんなに狭くて暗い場所でも感知できる。もちろん万が一侵入者があった場合もすぐさま気づくことができた。

セレスティーンには視えない竜王の眷属も当然感知できる。彼らは普段人型をとっておらず、金色の光として城内を彷徨っている。

セレスティーンの身の回りの世話をしているのも彼らだ。人間が好む料理を作り、ドレスを用意し浴槽に湯を張る。寝室に必要なものも、持ち運びが便利な携帯用の飲み物やサンドイッチを用意したのも、竜王の眷属である。

セレスティーンには視えない彼らは、数百年ぶりに客人が来たというだけで生き生きと動きだした。セレスティーンを竜王の番として歓迎しているのかもしれない。

だがこの活気はそう長くは続かないだろう。

ガルシアは手元に視線を落とした。セレスティーンが見つけてきた懐中時計だ。

これは、ただの時計ではない。セレスティーンは壊れていると思い込んでいたが、そうではない。何故ならこの時計が示すものは、時刻ではなく竜王の寿命だからだ。

竜の寿命は、ひとつの国の建国から滅亡までを悠々と眺められるほど長い。この時計もそれに合わせて動いている。

ふたたび時計の針を見つめる。

針は確実に時を刻み、時計としての機能を果たしているように見えた。

「少しは削れたか」

懐中時計の蓋を閉じ、目を閉じる。風を巡らせるようにして城の隅々まで意識を飛ばし、城の状況を確認する。

するとと城の外壁に僅かな亀裂が入っていた。

ガルシアは薄く笑う。窓の外を見ると、中庭にある大樹は、雨のように新緑の葉を落としていた。

これからさらに変化が起きるはずだ。その変化にセレスティーンが気づくのはもう少し先だろう。すべて自分の目論見通りだ。

「ひとつ失っただけではあまり変わらぬと思っていたが」

セレスティーンが壊したと言っていたあの水晶玉は、生き物にとって大事なもの——心臓だ。

ただし竜王には心臓が四つある。

そのうちのひとつはガルシアの胸に収まっているが、その他は別の場所に移した。そのひとつが水晶玉だ。

竜王の心臓は竜王が自分で壊すことはできず、番だけが壊すことができる。強大な力を持つ竜王に対する抑止力としての番の能力らしい。

セレスティーンのみが、永遠を生きる竜王の心臓を破壊し、寿命を縮めることができる。

彼女の指先が触れただけで、むき出しの心臓が砕けた。だからあれはセレスティーンがガルシアの番だというのが証明された瞬間だったのだ。自分の番を間違えることはないと思っていたが、これで確証が得られたというわけだ。

「……あやつもたまには役に立つ」

たまたまセレスティーンが見つけ、行動を共にするようになった兎。ガルシアはあの兎をとおしてセレスティーンを見ることができた。

もっとも、意識をのっとっているわけではないので、兎には兎の意識が存在している。兎はセレスティーンの案内役をしているようだが、出口を目指しているかはガルシアにもわからない。それらしく振る舞っているが、そのときの気分で道を選んでいる気がする。

常に兎の視覚を覗いているわけではないが、セレスティーンは兎相手のときは表情豊かに笑う。

時には抱きかかえ、労りすら見せる。心細いのは彼女のほうだろうに、何故昼寝ばかりしている怠惰な兎を甘やかす必要があるのだ。

あまつさえ彼女は兎に名まで与えてしまった。あれでは希薄な存在だった兎が自我を持ってしまう。兎が活動的になったのもその所為だろう。

セレスティーンは、竜王に対して文句を言いつつも、毎日出口を求めて進んでいた。もう七日も彷徨っているというのに、諦めるそぶりは見せない。

――そうまでして帰りたいのか。

胸の奥でモヤりとしたなにかが生まれる。苛立ちにも似た感情だ。

脆弱で、竜族が瞬きをする時間ほどしか生きられないくせに、竜王に畏れを抱かずまっすぐ見つめて来る少女。その目は澄み切った夜空のようだった。見つめられると吸い込まれそうな錯覚に陥る。

——気に食わない。番など面倒な存在だ。自分には不必要だと思っていた心が乱される。ならば己から遠ざければいいのに、姿が見えなくなると落ち着かない。気づくと気配を探ってしまう。

一体、自分は番をどうしたいのだろうか。彼女の所為で感情が揺らぐのは不快なのに、あの星空の目でまっすぐ見つめられるのは悪くないと思える。その目に映すのが己だけというのは、ある種の満足感をもたらす。独占欲に近いかもしれない。

お互い竜族なら複雑な話でもなかっただろう。だが稀に別の種族を番に据えることはある。ガルシアのように、人間の娘を番と認定し共に生きた竜族は、数は少ないが存在した。彼らがどう番と生きたのかはわからない。他の竜族との交流を一切断っているため、ガルシアは何百年もひとりだ。

セレスティーンは竜王に畏怖を抱くこともなければ尊敬することもなく、己の意志を曲げずに願いを貫き通そうとする。その意志の強さはどこからくるのだ。家族とはなんだ。そこまでして大事なものなのか。

人間の血縁者というのはそんなにも特別なのだろうか。親というものがいなかったガルシアは、同族の絆は理解できても、家族が特別な理由はわからない。

そして恐らく最も苛立つのは、彼女が己を「竜王様」と呼ぶことだ。

名を聞いておいて名を呼ばぬとは不敬であろう。それほど我に興味がないのか――と、胸の奥がさらにもやもやする。

きっとこの苛立ちは、無力な人間の娘に自尊心を傷つけられたことが許せないからだろう。そのような気持ちはもう切り捨てたと思っていたのに、まだ残っていたのか。

竜族と比べてひどく脆弱な人間の娘が、この迷宮から抜け出せるとは思っていない。兎の遊び相手として、精々振り回されていればいい。そして己に助けを求める姿を見れば、少しは溜飲も下がるだろう。

――番など、忌々しいだけの存在だが……この力を削れるのであれば、利用させてもらうまでだ。

無気力に時間を持て余している自分とは違う。

人の娘の眩さが憎たらしい。自分の感情をかき乱されるのが不愉快だ。

番に求めるものは彼女が持つ精気だったが、己の寿命に干渉できる稀有な力も利用できればいい。

順調に城が朽ちていく。それこそが己の望み。

「――好きなだけ壊せ。我の力を奪えばいい」

竜王は自分の望みのために、番のセレスティーンを使う。彼女が城の出口を見つければ、故郷へ帰ることを叶えてやってもいいが、そんな日が来る前にセレスティーンの寿命が尽きるだろう。

「故郷になど、帰らせぬ」

その気持ちにどんな感情がこめられているのか。竜王自身にもわからない。

◇　◇　◇

竜王の城に連れ去られてから十日が経過した。セレスティーンは毎日飽きずに城内を探索していた。

来る日も来る日も出口を求めて歩き続ける。途中でわかったが、この城はいくつもの塔やドーム状の建物が合わさってできているようだ。ただ、現在地が一体どこになるのかは、迷路のような複雑な構造をしているためにわからない。

どこかの窓から外へ脱出できればいいのだが、窓のある部屋を見つけても地上まで距離がありすぎて、とてもではないが縄で下りることも不可能だった。

セレスティーンの隣には、すっかり相棒面をした白い兎のアッシュがいる。

全身の毛を洗ったおかげで、綺麗に汚れは落ちた。今では真っ白の毛がふわふわで触り心地がいい。とはいえやはり、全体的に丸い印象のため、遠目から見ると大きな毛玉が落ちているようにしか見えないが。

——白い毛に金色の瞳なんて、見れば見るほど竜王の家来みたいよね。この子、竜王とは関係ないのかしら。

「きゅう」とアッシュが声を上げた。本当に不思議な兎だ。めったに鳴き声を上げない兎が頻繁に鳴く。竜王の城に住む兎は普通の兎とは違うのかもしれない。

そんなことをぼんやり思っていると、アッシュはさらに催促する。早くこっちに来いと言っているようだ。大きな絵画の前でセレスティーンを待っている。

ふと窓の外を見れば、今いる部屋は地上から二階ほどの高さにあるようだった。こんなにも近くに地上があるなんて……セレスティーンの心臓がドクンと跳ねる。

——この窓から飛び降りたら、外へ出られる。

子どもの頃、このくらいの高さの木から飛び降りても怪我ひとつしなかった。そう考え始めたら、緊張と興奮から鼓動がドクドクと速まった。

この窓には鍵はかかっていないそうだ。

「アッシュ、ここ降りられそうだわ」

「きゅ？」

兎が振り返り、金色の目を見開いた。セレスティーンが窓を開けようとしているのを見て、慌ててぴょこぴょこ跳ねて来る。

建て付けの悪い窓を弄り、ガタガタ動かして窓ガラスを上に押し上げた。

「開いた――」

顔を突き出し地面を覗き込んだそのとき。

「カアアー！」

「え？」

真っ黒な鴉が、セレスティーンめがけて空から急降下してきた。

「きゃあっ」

咄嗟に窓ガラスを下ろそうとするが、建て付けが悪くてなかなか下ろせない。セレスティーンはアッシュを抱き上げて、慌てて窓の傍を離れた。

「嘘、入って来た！」

身近で見ると思ったより大きい。鷹《たか》くらいはある。

毛艶のいい黒々とした鴉が城内に侵入してきた。まさかの事態にセレスティーンは呼吸を止める。

鴉は天井付近をぐるぐると旋回し、そしてセレスティーンを見据えた。

――来る！

腕の中の毛玉をギュッと抱きしめ、全速力で走りだす。

間延びした鴉の鳴き声と羽ばたきが背後から迫ってきた。

「なんで追いかけてくるの！」

通路を曲がると、等間隔に扉があった。手前から取っ手を握って回すが、ひとつ目もふたつ目も施錠されている。

バサバサと追いかけてきた鴉はその勢いを殺すことなく、セレスティーンたちめがけて突進してくる。

間一髪でそれを避けると、鴉の嘴《くちばし》は真っ白な壁を抉り、壁に穴が開いた。パラパラと壊された壁の欠片が床に落ちる。

迷いもなく攻撃を仕掛けてきた鴉に恐怖が湧き起こる。どうしてなのかはわからないが、敵と見なされているようだ。

——なにもしてないのに……！

ちょっと外を覗いて、あわよくばこのまま逃げ出そうと思っていただけだ。鴉には危害を加えていない。

命の危機を感じるほど、鳥が怖いと思ったのは初めてだ。

雑食の鴉が兎を食べるかはわからないが、鼠程度なら飲み込んでしまいそうだ。

心臓が恐怖からバクバクと鳴っているのを無視し、セレスティーンはふたたび駆けだした。兎がギュッとセレスティーンの胸にしがみついてくる。

その重みを感じながら必死に足を動かした。

――どこかに隠れなきゃ！

どこに？　扉を開ける時間すら惜しい。その間に背後から頭を一突きされれば、流血どころではないだろう。

しかし、幸運にも突き当たりの角を曲がったところで、大きな窓にカーテンがかかっているのを見つけた。咄嗟の判断で、そのカーテンの陰に隠れる。

「カアア、カアアア――」

鴉も少し遅れて角を曲がるが、セレスティーンが隠れたのに気づかず、前を通過していった。羽ばたきの音と鳴き声が遠くなる。

呼吸を止めていたセレスティーンは、アッシュを抱きかかえたまま細く安堵の息を吐いた。

――もう大丈夫かしら？

そろりとカーテンの中から通路を窺う。きょろきょろあたりを見回すが、鴉の姿は見えない。

やり過ごしたことにほっとしつつ、早くこの場所から離れようと、先ほど鴉が向かった方へは行かず、来た道を戻る。

「なんだったの一体」

この城でこんなにあからさまな敵意を向けられたのは初めてだった。といっても、この城では竜王と兎以外には会っていないが。

しかしこれでは迂闊に窓も開けられない。

「あの鴉、真っ黒だったけど、目の色が金色だったわ」

すっかり腕の中で安心しきっているアッシュを見下ろす。神経が図太いのか、この状況の中でアッシュは眠っていた。どうして眠れるのか心底謎だ。思わずこの毛玉兎をぽいっと放り投げたくなる。

左右を慎重に確認しながら、少しでもこの場を離れようと歩き出す。

金色の目の鴉など初めて見た。金色はガルシアとアッシュの目の色で、鴉までも同じ色を持っているなんて。まさか竜王と関係があるのだろうか。

「本人に訊くしかないか……」

兎に対して何故か胡乱な眼差しを向けていた竜王が話してくれるかはわからないが。

はあ、と疲労感のこもった溜息を吐いたとき、下を向いたセレスティーンは違和感に気づいた。

「ん？」

よく見ると、通路の床に正方形の切り込みがあり、中央には――。

――まさか床下の隠し扉？

普通に歩いていたらまず気づかないほど、存在感がない。床を注意深く見ながら歩く人は少ないだろう。慎重にその扉に触れてみる。

すると、跳ね橋のように四角い板が上向きに開いた。ただしなにかに吊られているわけではない。手動の扉ではなくてよかったが、相変わらず謎が多い造りだ。

そっと中を覗いてみる。階段が続いており、薄暗い地下の部屋という印象だ。

「どうしよう、このまま中に入ってみる？　出られなくなったりしないわよね……」

けれど、たとえ閉じ込められたとしても、日が暮れれば竜王が現れるだろう。そう思い、中を探索することにした。

「灯りを持ってくればよかった。次から用意してもらおう」

しがみついたアッシュを抱えながら、薄暗い階段を慎重に下りる。地下の空気はひんやりとしている。

階段を数段下りると、ぽっと壁が橙色に染まった。

壁に発光植物が植えられている。生き物の熱に反応し、橙色の光を発する花だ。目に優しい色がいたるところで光る。壁だけではなく天井にもあり、ぽわんとした灯りが部屋全体を照らした。

「ここは……物置部屋？」

階段を下りた先にあった部屋には、雑然と物が置かれていた。使われなくなったのだろう椅子や机などの調度品、欠けた食器、破損している置き時計、古びたドレスに片方だけの靴。

もう役目を終えたと思われる物たちが散らばっている。物置部屋というよりは、ごみを保管する場所のようだ。

ろくに掃除もされていないのだろう。全体的に埃っぽく、天井付近には蜘蛛《くも》の巣も張っている。

今まで探索してきた城内は、清潔な場所ばかりだった。

何故かアッシュは埃まみれだったが、もしかしたら元々この物置部屋にいたのかもしれない。

——だから連れてきたの？

アッシュの狙いはよくわからないが、なにか脱出の手がかりになるものがないか、部屋を探ってみることにする。

大きな傷がついたチェストを開けてみる。精緻な模様が施された木のチェストには、無残にも剣でつけられたような傷が残っていた。その引き出しの中には、ガラクタと思われる壊れたおもちゃの数々。特に重要なものはなさそうだ。

恐らく竜王が昔使っていたもの、思い出の品らしきものを見てから引き出しを閉めた。

数歩離れた先に、豪奢なマントが落ちている。

埃をかぶっているが、その生地は上質。天鵞絨《ビロード》のような手触りの深紅のマントだ。綺麗に手洗いしたらまた着られそうだが、広げてみるとこれまた大きな穴が開いていた。

「もったいない……。再利用できそうなのに」

竜王の私物だろうか？　黒や白を好んで着ている彼に深紅は少し派手に思えた。もちろん身に着けたら華やかで、竜王としての威厳も高まるだろうが。

埃を吸い込まないように気をつけながら進んでいく。徐々に宝探しをしている気分になってきた。目を覚ましたアッシュがぴくぴくと耳を動かしている。下ろすのは危険なのでそのまま抱いていることにした。

見たことのない色鮮やかな宝石のネックレスやブローチが、床にごろんと落ちている。きっととても高価なものに違いないのに、ぞんざいに扱っていることが信じられない。

「弁償しろなんて言われないと思うけど、壊さないように気をつけないと」

そのとき、つま先になにかが当たった。思わず蹴ってしまったそれを持ち上げる。

「本だわ」

埃と蜘蛛の巣がついた本の表紙を手で払った。舞った埃を吸い込み、咳き込んでしまう。

「随分と古いわ。題名も書かれてないわね」

保存状態がいいとは言えないが、革の表紙はしっかりしていた。先日書庫で見つけた本もそうだが、こちらも上質な革が使われている。

セレスティーンはぼろぼろになった簡素な木の椅子を発掘し、壁際に移動する。橙色の光を発する花の下にその椅子を置いて、座面の埃を軽く払うと腰かけた。膝の上でアッシュがじっとしている。動物の体温が温かい。

椅子の座り心地は悪くない。長時間座っていればお尻が痛くなりそうだが、気にせず読書を開始する。

どうやら、これも日記のようだった。

『ようやく後継者が見つかった。これで私は自由になれる』

その一文から始まった物語に、セレスティーンは引き込まれていく。

『物心がついたばかりのこの子を成人まで育てるのが、私の最後の役目。それまではしっかり教育を施し、面倒をみるつもりだ。ただし竜王として一人前になるまで、私が生きていることはない』

『聡明な子だ。力も申し分ない。城内は精に満ち、中庭の大樹が生き生きと育っている。一度は枯れかけた老木が蘇った。瑞々しい葉が風に揺れて喜ぶ様を見るのは喜ばしい』

『なんということだ。まだ王位を譲っていないうちから、城が彼を王と認めた。この城はもはやあの子のもの。私の影響力が日に日に失われていく。城が次代の王を認めた瞬間から、この場所はガルシアの城だ』

『城は王の力で維持される。王の身体そのものだ。私の力が満ちていた頃でも、先代が作り上げた城を維持するのがやっとだったというのに。それが今は朽ちかけた城を蘇らせるだけでなく、増築さえ始めている。日々新しい部屋が増え、東の敷地には塔が建った。素晴らしいことだと誇りに思う。屈託なく笑い、私を師と慕うあの子が愛しくて……妬ましい』

そこで数頁《ページ》白紙が続く。

恐らく先代の竜王と思われる者が綴る過去が気になり、セレスティーンは紙を破らないよう慎重に頁をめくった。

『……私は私の願いを叶えるためにお前を利用する。罪を背負うのはお前ではない。私を恨み、憎み、そして私の存在を忘れろ。永遠に近い寿命を持ち、終わりの見えない時間を生きねばならない苦痛を、お前も知っていくだろう』

『お前が絶望を知るには若すぎる。永遠の先に希望があるとは限らないが、いつかきっと終わりはやってくる。お前の希望はふたつ。番を見つけるか、私のように自分より力の強い竜の子どもを見つけ後継者として引き取るか。竜族はその寿命のせいか、めったに子どもを産まない。短い時間を生きる人間とは違う。残りの時間に囚われない我らは、種族を存続させようという意識が薄い』

『王は死ねない。簡単には死ぬことが許されない。私たちが安らぎを得るには、番を見つけ出すか、後継者の手で殺されるかだ。寿命を待つには、私はもう疲れている。私に番は現れなかった。だからお前が私を殺し、安らぎを与えてほしい』

そこで日記は終わっている。最後まで頁をめくっても白紙のままだった。

大量の知識を詰め込んだ後のように、頭がいっぱいだ。誰かの人生を覗き見してしまった罪悪感もあるが、それよりもいくつか大事なことが書かれていた。

――これって竜王の過去のことよね。

この日記から察するに、竜王は最も才能があり力の強い者が選ばれる。そして、竜王としての素質が高い者が次代の竜王としてこの城で育てられるようだ。

そしてこの城は、竜王の力と関わり合いが深く、力に翳りが出てくると、中庭の大樹が古木のように枯れ、城も維持ができなくなり、狭くなったり汚れたりしていくらしい。

城が次代の王を認めたときに蘇ったとあるから、今この城がとても清潔で、出口が見つけられないほど広いということは、竜王が力を保っている証拠。

勝手に増築されていくとはなんとも摩訶不思議な話だが、そこは今更考えても仕方ない。

ゆっくりと頭の中でひとつずつ知識を整理する。

竜王は簡単には死ねない。永遠に近い時間を生きる。それは喜ばしいことではなく、竜王にとって絶望的なこと。それを回避する希望はふたつ。番を見つけるか、後継者を見つけるか。

「先代の竜王は番を見つけられず、今の竜王を探し出した。殺せと命じたのは、自分より力が強い者にしか殺すことができないから……？」

師と慕った相手に自分を殺せと命じられた若かりしガルシアを想像すると、心が痛む。

屈託なく笑う少年だったなんて想像もつかないが、そんな出来事の後で孤独な時間をたったひとりで生きてきたのなら表情が動かなくなるのもわかる気がした。

「……私、まだあの人のこと全然知らないわ。こんな過去があったことも、なにを考えているのかも」

それに、この賭けを持ちかけた真意が摑めていない。

情事の最中に首を絞めてくることもあるが、決して本気ではない。自分を見つめる苦しげな表情には苛立ち以外の苦悶が見て取れた。

わかりにくいが、きっと彼は面倒見がいい。翌朝目が覚めると竜王の姿は消えている。しかしセレスティーンの身体はきっちりと清められ、ネグリジェだって着せているのだ。

それを彼の眷属にさせているようには思えなかった。

「初日以外、身体の怠さもないし、体力も戻っている。あんなに夜は酷使されるのに、こうやって動けるのも竜王がなにかしてくれているからよね」

本人に確認したことはないが、なんらかの方法で精を奪われた身体を労ってくれているのは間違いない。

それが不可解だが、自分を道具扱いしているわけではないことは伝わっている。

「本当、わかりにくいけど、ちゃんと感情も心もあるのよね……」

――彼ともっと話さないと、なにも伝わらないしわからないわ。

セレスティーンの意思を無視してこの城に連れて来て、軟禁同然なのに。情が湧いてしまったのか、当初抱いていた強い怒りは少しずつ薄れている。

当然セレスティーンはガルシアを許すつもりはない。大事な家族と引き離されたのだから。けれど、ガルシアが誠意を尽くして謝罪し、無事に村に送り届けてくれたら彼の想いに応えることができるかもしれない。

だが、大事なことを忘れている。この数日間で気づいてしまったこと。

「あの人、私のことを番だと言うくせに、好きの一言ももらっていない」

その言葉を望んでいるのかと問われると返答に困るが、番として攫ってきた相手に好意を寄せていないのは竜王のほうだ。笑顔のひとつも見たことがないし、はっきりと「忌々しい」と言われたことも覚えている。

竜族の本能に抗いたいのか。否応なしに番に惹かれる自分に苛立っているのかもしれない。

嫌いならそれでいいのに、触れて来る手つきは加減をしてくれていることがわかる。少し力をこめただけで、セレスティーンの手首など簡単に折れてしまうことがわかっているのだろう。決して力任せには触れてこない。

そんなわかりにくい優しさが、セレスティーンの心を乱すのだ。

――まだあの人のことが摑めてない。知らないことが多すぎてなにを考えているのかもわからない。私のことを番であること以外にどう思っているのかも……。

「待って、おかしいわ。ひとりになるとずっと竜王のことを考えているなんて。嫌だわ、まるで片想いしてるみたいじゃない」

自分が今考えるべきことは故郷の村と家族のことだけのはずだ。

自分が無事であることだけでも伝えたい。諸事情で帰れないが、生きていると。

――でも、考えているだけじゃ状況は変わらないわ。

この日記は何故ここにあるのだろう。不要な物として捨てられたのであれば、どんな理由からなのか。

立ち上がり、アッシュを座っていた椅子に下ろす。他に手がかりがないかと、室内をうろうろしていると、ふと、見覚えのある布が目の端に入った。

「あれ……？」

日記を脇に挟み、その布に近づく。それをはっきり目にしたとき、心臓が大きく跳ねた。

衣装箱の上に無造作に置かれていた布。それを手で摑み上げて目の前で広げる。その瞬間、脇に挟んでいた日記が床に落ちたが、セレスティーンはあまりの驚きのために気づくことができなかった。

「これ、私の服……！」

この城に似つかわしくない簡素な服は、セレスティーンが村で着ていた服だ。膝丈までのチュニックとズボン。チュニックの胸元には赤い糸で花の刺繍が施されている。村に咲く花の刺繍を、セレスティーンが見間違えるはずがない。

「どういうこと……？」

チュニックの傍に置いてあったズボンの裾には、黒い焦げ跡があった。いや、ズボンだけではなくチュニックもところどころ煤けている。まるで火に接触したかのような……。

「痛……っ」

ズキンッ、と頭の奥が激しく痛んだ。あまりの痛さにその場にしゃがみこみ、きつく目を閉じる。

額には脂汗が浮かび、痛みで目がじんわりと潤んできた。頭だけではなく、胸も苦しい。

「なに……なんで」

この城で目覚めたとき、自分は見覚えのないネグリジェを纏っていた。着ていた服はどこにいったのかと疑問に思ったが、その後、竜王から持ちかけられた賭けによってすっかり忘れていた。

――村で着ていた服に何故焦げ跡が？

頭をぎゅっと鎖で締め付けられるような痛みが走って考えられない。

──私、なにか忘れてる？

なにか……。瞼の裏にユアンの笑顔が映る。太陽の光を受けてキラキラ光る金色の髪に、新緑の若葉色の瞳。セレスティーンが持つ夜の色と正反対の色を纏う優しい子。

あの子の笑顔を最後に見たのはいつだった？

声変わりをして少し低くなった声で「姉さん」と呼ぶ声が脳内に響いた。

「……ユアン」

重大なことが記憶の中から抜け落ちている。ユアンが関わっている気がする。しかしそれがなにを意味するのか、理解するよりも先に意識が朦朧としてきた。

──待って、まだここで忘れたくない。

瞼が重くて目が開けられない。

頭の痛みから逃れたいという防衛本能だろう。これ以上考えることは危険だと脳が判断したのかもしれない。

セレスティーンは故郷の服を抱きしめたまま、その場に身体を横たえた。薄れゆく意識の中で、何故か眉をひそめたガルシアの顔が思い浮かんだ。

◇　◇　◇

存在すら忘れていたこの部屋に足を踏み入れたのは何百年ぶりだろうか。

ここは使われなくなった物を収納する物置だった。主を失い存在を忘れられた物たちが集まる場所だ。

中にあるのは主に、先代竜王の持ち物や、ガルシアが幼少期に使用していたものだった。今のガルシアにとっては不要なものだ。

感情を振り回されるのが嫌でしばらく彼女の動きを追っていなかったが、こんな場所にセレスティーンが入り込むとは予想外だった。

大したものは入っていなかったはずだが。そう思いながら薄暗さをものともせず階段を下りた。するとその先で倒れているセレスティーンを見つけた。ガルシアの視線が、床に倒れている少女に注がれる。

「……死んでいるのか」

すっとセレスティーンの手首に触れる。

脈がある。呼吸もしている。ただ意識を失っているだけだと気づくと、知らず安堵の息が漏れた。直後、舌打ちしそうになる。

自分は一体なにを考えているのか。

番が死んだからといってどうだというのだ。また以前の生活に戻るだけだ。寿命は少し縮んだし、これで後継者がさっさと現れれば番も必要ない。変化のない日常に戻るのは退屈だろうが、今のように苛立つこともなくなるだろう。

「何故こんなところで寝ている」

セレスティーンの身体を抱き起こした。彼女がキュッと握っている布を見て、ガルシアは眉をひそめた。

ああ、そうか。記憶の断片を思い出したのか……。

「……ここにクルゼの服が放置されていたのは誤算だったな」

セレスティーンの目につかないところへ持って行けと眷属へ命じたが、捨てろとは言わなかった。捨ててしまえばよかったのだ。村への未練を断たせるためにも。

苦しげに眉をひそめているセレスティーンを抱きかかえ、ガルシアはその部屋を出る。

傍に落ちている先代竜王の日記には気づかず、自室へ向かった。

セレスティーンの記憶が蘇る日もそう遠くはないだろう。そのとき自分はどうするのか。

腕の中の温もりを感じながら、近い未来を思案していた。

# 第四章

『――絶望を知るにはまだ早い』

先代の竜王、デアヴェルデは、死ぬ間際にそう告げた。

世界がまだ希望に満ちていると信じていた幼いガルシアの、遠い過去の記憶だ。

ガルシアの育ての親であったデアヴェルデは、ガルシアの恩師であり唯一の家族と呼べる存在でもあった。物心もつかない頃にこの城に連れて来られたから、産みの両親の記憶はない。けれどそれを気にしたことはなかった。生まれてたかだか三十年の幼い自分にとって、先代の竜王との暮らしは穏やかで平和だった。

竜王はこの大陸に散らばる竜族の頂点に君臨する者。国や領土を持っているわけではないが、緑の深い土地を住み処としていた。

ガルシアが生まれてから千年と少し。先代の竜王をこの手で殺してから九百年あまり。

ひとりきりで過ごしていれば心が動くことはほとんどない。

先代の竜王と暮らしていた頃は、あまり退屈と感じることはなかった。竜王は幅広い知識を持ち、それを後世に受け継ぐ者。すべてを語り継ぐ時間はあるが、ガルシアは特に重要な歴史だけを聞かされ、後は膨大な書を保管する書庫に放り込まれていた。

そこには歴代の竜王の記憶が保管されている。過去数千年にわたる膨大な書を読み明かす日々は、不思議と苦ではなかった。

変わり者が多い竜族の中でひときわ異彩を放っていたのが先代の竜王だ。デアヴェルデは人間に興味を持ち、彼らを愛し、時折人間が感染する流行り病の特効薬の研究を城で行っていた。決して表に出ることはなく、ひっそりと人間を病魔から救い、ある日自分の役目は終わったとガルシアに告げた。

番はついぞ現れなかったが、充実した時間だったと笑っていたのを、ガルシアは忘れない。疲れた竜王に安らぎを与えるという最後の望みを叶えることが、これまで育ててくれた恩返しだとも思っていた。

ガルシアは唯一の家族を亡くしてからしばらくして、この城を疎ましく感じ始めた。

竜族は自由を愛する種族だ。本来であれば、定住の地を持たない。気ままに世界を巡り、いつかどこかで朽ち果てる。

しかし竜王は違っていた。竜王は城を維持しなくてはいけない。長期間城を離れれば城内に精気が廻らなくなり、中庭の大樹が枯れる。竜王はこの地の生命力の源であるとされる大樹を守る責任がある。竜王の役割は他にもあるが、強大な力を持つ竜王がその地にいるだけで自然界の均衡が保たれると言われていた。

ガルシアが竜王でいる限り、本当の意味での自由は訪れない。城は一種の檻であり、自由への足枷だ。

先代のように研究に没頭することもなく、人間を愛しく想う気持ちもわからない。ただこの城でひとりきりになってから九百年、心の奥に空いた穴は次第に広がっていた。

その空虚な心が寂しさだと気づくと、不要な感情をふたつに分けた。

幼かった自分が抱いていた純真で弱い心と、敵意や攻撃性の負の感情。それらを別々の化身に宿し、ふたつの存在を作り出した。

城内に気ままに住まう一羽の兎と、城外の敷地に縄張りを持つ黒い鴉。

彼らは竜王の心臓をひとつずつ宿している。己の寿命を分散させるために四つあるうちの三つの心臓を別の器《うつわ》に移していた。

心臓のひとつはセレスティーンが壊してしまったと謝罪してきた水晶玉。もうふたつが兎と鴉。そして最後のひとつがガルシアの本体に収まっている。

よって兎と鴉を壊せば、ガルシアの寿命は必然的に縮まる。永遠に近い寿命にも終わりが見えてくるのだ。

唯一竜王の寿命に触れることができるのが番。

強靭な肉体と再生力を持つ竜王を傷つけるなど、誰にも成しえないこと。竜王よりも強い者でなければ、傷ひとつつけることはできない。

『これを使え』と渡された剣の感触を、ガルシアは今でも思い出せる。

心臓を貫いた瞬間、デアヴェルデは笑っていた。それを見て息を呑んだ。安らいだ表情を見せながら恍惚の死を迎える。ようやく、と呟いた言葉が重く響いた。

『希望を捨てるな――お前なら番に出会える』

根拠もないことを無責任にも言い放ち、先代竜王は息を引き取った。

肉を穿つ感触と、最後に言われた言葉が忘れられず、ガルシアの心に呪詛のようにこびりついた。

――勝手なことを。あなたが見つけられなかった番を何故見つけられると思う。

番などいらない。竜族の本能に支配などされたくはない。すでにこの城に囚われている身、自由を得られない身に番などという足枷を増やしてなんになる。

せめてもの自由はひとりでいることだ。心を乱す存在など邪魔なだけ。

己の心から不要な感情を取り除き、数百年心を乱すことなく生きてきたある日。ガルシアの頭に悲痛な声が直接響いた。

『助けて――！』

脳髄が痺れるほどの衝撃を受けた。まるで魂が震えて砕けそうになるほどの叫び。

衝動のまま人型から竜へと変貌し、城のバルコニーから少女のもとへ向かった。番の居場所は本能が知っている。

山や森をいくつも越えて、山間にあるその村を目にした瞬間、氷塊を呑み込んだように全身が冷たくなる。

人間は竜族とは違い、群れて生きるものであるのは知っている。そして、その共同体を村や町と呼ぶことも。その人間たちの住み処が、赤く燃えていた。

――どこにいる？

あんなにも、心を乱す存在などいらないと嫌悪すらしていたのに、いざ現れたと知れば失うわけにはいかないと思っている。

身体が凍り付いたのは、死んだ可能性を一瞬でも感じたからだ。半身を奪われる恐怖。最強とも呼ばれる竜族の王が恐怖を感じるのは、番が害されたときなのだと初めて知った。

急いで地面に着地する。

人型に戻る前、燃え上がる炎を茫然と見つめる少女を見つけた。

――いた。あれが我を呼んだ番……。

真っ暗闇に燃え上がる炎。その赤に魅入られたかのように、少女は地面に膝をつき、燃える家屋を涙も流さず見つめていた。

放心状態の少女をここから安全な場所へ移さなければ。いつ炎が彼女を襲うかわからない。

『父様、母様……』

少女がぽつりと父母を呼んだ。ガルシアは彼女の目の前にある家を探った。けれど、生命の気配を感じない。それどころかこの村で生きているのはこの少女ひとりだ。村全体が炎に包まれている。

何故ひとりだけ生き残っているのか。それは本人に訊かないとわからない。

だが、彼女がひとり生き残ったことは、幸せなことだろうか。いっそ、この村の皆と一緒に逝《い》けたほうがよかったのではないか。しかし、それを決めるのは彼女自身だ。

ガルシアは少女の前に移動した。

彼女の虚ろな瞳がゆっくりと己に向けられる。その目を見つめた瞬間、竜王は息を呑んだ。

群青に金粉を散りばめた、星空を凝縮した瞳。

先ほどまで氷塊を呑み込んだかのように冷たかった身体がひどく熱い。内側から熱を感じるなど初めての経験だ。

己の変化に戸惑いながらも、ガルシアは一刻も早くこの場を立ち去ることを選んだ。

驚きに満ちた表情で自分を見つめる少女の身体を前脚で摑んだ。

細くて軽い。力の入れ方を間違えると壊してしまいそうだ。

背にのせて運びたいところだが、今にも気を失いそうなこの状態であれば飛行中に落下もありえる。

このまま前脚で摑んで運んだほうが安全だろう。飛行時間はそう大して長くはない。

思った通り、少女はすぐに気絶し、その間に城へ到着した。人型へ戻ると、己の寝室から一番近い部屋へ行き、彼女を寝台へ寝かせた。

頰にも服にも煤がついている。そのままにしておくのは不快だろう。

「火傷《やけど》を負っているかもしれぬな」

人間の肌は弱い。頑丈な竜族と比べれば、些細な傷でも致命的となる。

そっと彼女の頰の煤を指で拭った。その皮膚の柔らかさと弾力に驚き、すぐに手を離す。

滑らかで温かみのある肌にもう一度触れたくて、ガルシアは恐る恐る少女の頰に手をやった。

胸のうちになにか不思議な感情が芽生えた気がした。今考えるとそれは庇護欲だったのかもしれない。けれど、己の心に疎いガルシアは、首を傾げただけで、名前も知らぬその感情を無視することにした。

「身体も冷え切っているな。湯に入れてやりたいところだが、怪我の確認が先か」

短時間とはいえ全速力で飛行したのだ。人間の身体には酷だっただろう。

身の回りの世話をする眷属に命じ、清潔な布と女性用の夜着を用意させる。後者はまさかあるとは思っていなかったが、彼らは万が一主が番を見つけてきた場合に備えて準備をしていたらしい。

よく気が回るものだと感心し、ガルシアは冷え切った少女の衣服を慎重に脱がせて下着姿にした。

竜族は竜の姿のときはもちろん服など着ない。そのため、人型のときであろうと、他人に肌を見せることに抵抗がない。年中発情している人間と違い、竜の発情期は五十年に一度程度のものなので、余計に躊躇がなかった。

「目立った外傷はなさそうだな。脈拍も安定している」

見たところ大きな怪我はない。ただ体温が低いのが気がかりだ。

早く身体を温めてやろうと、少女を一糸纏わぬ姿にさせると、ガルシアも己の衣服を脱ぎ去った。そのまま少女をそっと抱き上げる。向かう先は浴室だ。

「……軽すぎる。十分に食べていないのではないか」

人間とはなにを好むのだ。人間の食べるものは竜族の栄養にはならないので、ガルシアはこれまで食べたことがなかった。

腕に抱いた小さな少女を抱えて浴槽を覗き込む。

浴槽にはぬるめの湯が張ってある。いきなり熱い湯を使うのは身体の負担になるだろうと判断し、ぬるま湯を準備させたのだ。

清潔な布を湯船に浸らせ、軽く絞る。浴室の床に座り、己の胸にもたれさせて少女の身体をそっと拭い始めた。

力加減がわからない。少し力をこめただけで、痣《あざ》になってしまいそうだ。

それでも、ガルシアは少女の肌を丁寧に拭い、抱き上げて湯船に浸かった。

次第に、少女の顔に血の気が戻る。ガルシアはそれを見て安堵した。だが同時に、苛立ちも覚える。

これまで、自分の感情は完璧に制御できていた。だが彼女にはどうも感情を乱される。否応なしに気になり、惹かれてしまう。

これが番か……。

「……なんと厄介な」

自分も先代と同じように番を持たず、次代の竜王によって一生を終えるものだと思っていた。それなのにまさかこんなことになろうとは。

「名はなんと申す、娘」

気を失っている少女は当然答えない。水に濡れて艶やかに輝く黒髪を指で梳《くしけず》り、その身が幻ではないのだと確かめるようにそっと少女の身体の輪郭を指先でなぞる。

華奢な首、肩の丸み、鎖骨、胸の膨らみ、腰の細さ、弾力のある太もも。

それらはすべてガルシアが持ち合わせていないものだ。そもそも、雄と雌では身体のつくりが違うのだった、と思い出す。

当然ながら、ガルシアも異性に出会ったことがないわけではない。だがこのように人型のままの雌に触れたことは初めてだった。

肌を傷つけないように注意深く触れていると、己の下半身に熱が集まりだしていることに気づいた。めったに起こらないその生理現象に戸惑いつつも納得する。

「本能でわかるとはこういうことか……。生殖行為を発情期に関係なく行える……」

番であるというのは間違いない。番でなかったら、たとえ雌が求愛行動を示し己を誘惑してきても、発情期でないのだから己が欲情することはないからだ。

この小さな身体が己の雄を咥えこめるのか、少々不安が残るが、それは追い追い考えていけばいい。

十分に身体が温まると、少女を抱き上げて浴槽を出た。従順な眷属がすぐにタオルを持ってくる。大雑把に水分を拭い、残りの水気は竜王の力で蒸発させた。タオルにくるんだ少女をそのまま寝台へ運び、ネグリジェを着せる。意識のない人間に服を着せるのはひどく難しいのだと初めて知った。人間とは難儀な生き物だ。

水差しを用意し、必要なものを置いてから名残り惜しくも部屋を出た。自分がいれば、目覚めたときに少女が余計混乱するだろう。ただでさえ彼女は故郷を失ったばかりなのだ。

しかし、それからしばらくして目覚めた少女は、前夜の記憶を失っていた。

白銀の竜と出会ったことだけは覚えているようで、己に向かって「人攫い」だと言い放った。それどころか、名を名乗れとまで言ってきた。

王であるガルシアが名を求められたのは、先代竜王に会ったとき以来だ。なにしろ竜王という呼称ですべてが通じる。

咄嗟に思い出せた名前をふたつ述べた。竜王の名は、代々の竜王の名を受け継ぐので非常に長い。ガルシアと名づけたのは先代の竜王だった。若い戦士という意味らしい。

少女はセレスティーンと名乗った。

ガルシアは警戒心を緩めない少女を見つめた。漆黒のまっすぐな髪に星空の瞳。健康的に日に焼けた肌は、彼女が外で労働している証だ。連れてきたときよりはマシになったが、まだ顔色はよくない。

セレスティーンは繰り返し、村に帰してほしいと懇願してきた。憐れなことだ。家族はもちろん、帰る故郷などもうないというのに。

心に強い負荷がかかり、記憶を失ってしまったのだろう。ならばこのまま思い出さなければいい。

生きる希望を持たせたまま、自分に対する憎しみや怒りの感情を利用し、賭けを持ちかけた。この城から脱出できればひとつだけ願いを叶えるという、子ども騙《だま》しのような賭けだ。

この城に見取り図などない。翼を持たない人間では、脱出はまず不可能だ。

その間、自分は賭けの対価として番の精を奪うことにした。番を見つけた竜族は、それまで大気や植物から得られていた精気が著しく減るからだ。番から精を得なければ飢餓感が増す。番の体液はこれほどまでに己を潤すのかと驚愕すると同時に、番の存在が恐ろしくなった。

惑わされてしまう。この娘の精は毒に等しい。

己の理性を崩壊させ、堕落させる。そんな番という存在が忌々しくなって、衝動のまま彼女を貪った。

――逃げたければ逃げればよい。だが、我を殺してゆけ。

ガルシアがセレスティーンに賭けを持ちかけたのは、もうひとつの狙いがあった。番である彼女に己の心臓を砕かせるためだ。

ガルシア自身に壊せない心臓は、竜王の力が宿っている。それらが壊されたとき、ガルシアの永遠に近い寿命が手をのばせば摑める距離にまで縮まるのだ。

だが城の崩壊が進むにつれて飢餓感が増していくのは想定外だった。いつしか、一晩中彼女の精を味わっていたいと思うほどになっていた。

その本能を制御しつつ、ガルシアはセレスティーンを貪る。執拗に彼女を抱き、翌朝疲労を取り除いてやって彼女の前から姿を消した。疲れ切って眠る彼女を見ていると、なんとも言えない心地にさせられた。

それが罪悪感なのか、別の感情なのかはわからない。答えの出ない感情が日に日に強くなり、持て余し始めていた。

何度抱いても、彼女の望みは変わらなかった。

城から出て家族のもとへ帰る。

彼女が真実を知ったとき、一体どんな選択をするだろう。

泣くか、怒るか、自害を企てるか。ガルシアは、セレスティーンが見つけてきた懐中時計を開いた。前回確認したときよりも針は進んでいた。

化身のどちらかが消えれば確実に針は進み、己の寿命が削られる。残り時間が人間と変わらなくなる日がやってくる。

「……千年以上、もう十分に生きた。ならば安寧の死を望むのは、生き物として当然だろう」

命を削る手伝いをさせられていたとセレスティーンが知れば、きっと張り手の一発も飛んでくるだろう。殴られることは構わない。恨まれることも怒られることも。

だがセレスティーンの真相を、ガルシアはまだ知らなかった。

彼女が失った記憶がなにをもたらすのか。

──邪魔な記憶などずっと忘れていればいい。

しかしセレスティーンの記憶の綻《ほころ》びは確実に広がっていた。

◇　◇　◇

──まただ。

脳内にある扉を内側から激しく叩かれるようなずきずきとした頭痛に、セレスティーンは眉をひそめた。こめかみから目の奥が鈍く痛む。

「……っ」

頭が痛くなるのは、決まって攫われた日のことを考えているときだった。あの日の晩、目の前に突如現れた白銀の竜。ガルシアが現れたのは覚えていたが、どうもその前後、特に直前の記憶は曖昧だ。

いつも通りの夜だと思っていた。一族の大人たちが星を読み、未来を占い、気になる予兆があれば集会を開く。村を訪れる厄災は、そうして星を読んで回避してきた。

だが、あの日はそうではなかった気がする。ズキン、と頭に鋭い痛みが走った。

──やっぱり私、なにかを忘れている。

セレスティーンは、地下の部屋で見つけた自分の服を思い出す。

——あんなに薄汚れて、焦げ跡まであるなんておかしいわ。

確かあの日も星が綺麗に瞬いていて……。

そう思い、違うと頭を振った。

うっすらと靄《もや》がかかっていた記憶が浮かび上がる。あの日は天候が悪く、昼間から曇り空だった。

「そう、星なんて見えなかった……」

忘れていた記憶の欠片がひとつ埋まった。そのまま芋づる式に掘り起こしたいが、頭の痛みだけではなく、寒気と眩暈まで感じ始める。胃の奥のものがせり上がって来る感覚もあり、これ以上思い出すのは危険な気がした。

恐らくこれは防衛本能だ。思い出すことを身体が拒絶している。

ゆっくりと深呼吸を繰り返し、なにも考えないように努める。

すると次第に、立ち眩みのような眩暈は治まり、頭の痛みも薄れていった。

「きゅう？」

いつの間にか膝の上にのっていた兎が、下から顔を覗き込んできた。金色の双眸はガルシアと同じものだが、その目は彼と違って感情豊かだ。今も心配そうにこちらを窺っている。

「ありがとう、アッシュ。大丈夫、ちょっと眩暈と頭痛がしただけだから」

それは大丈夫で済ませられないのでは？　とでも言うように兎が慌てだした。膝の上でもぞもぞ動かれると少々くすぐったい。

今にもどこかに跳ねていきそうな兎を掴み、その毛並みを堪能する。兎の毛は柔らかくふわふわしていて気持ちいい。最近は毎晩風呂場で洗っているので清潔だ。

「本当にもう大丈夫なの。ごめんね、昼食を食べようとしていたのよね。そうだ、これから中庭の木の下で食べない？　一番はじめにあなたと林檎を食べたでしょう？」

木漏れ日の下で食べる昼食は格別だ。久々に地面の感触を味わいたい。

兎のタレ耳がぴこんと跳ねた。セレスティーンの膝から下りて部屋の扉のほうへ歩いてゆく。

「案内してくれるの？」

振り返ったアッシュは、早くしろと言うように耳を忙しなく動かしていた。微笑ましい兎の姿に笑いながら、セレスティーンも立ち上がる。

昼食が入ったバスケットをしっかり持って、ふわふわな毛玉の後を追った。

しばらく城の回廊を歩いて気づく。なんだか城の様子がいつもより随分暗い。

先ほどまでいた部屋では気にならなかったが、別の棟に移動すると、その違いに気づかされる。工芸品の壺にはひびが入り、壁は黒く汚れている。

目の前の兎はそんな陰鬱な雰囲気など全く気にせず、ぴょこぴょこと跳ねている。しかしよく見れば、脚とお尻が灰色に染まっていた。

「アッシュ、待って！」

なに？　と振り返った兎が後ろ脚で立ち上がった。前脚の毛としっぽ付近の毛に埃が絡みついている。先ほどまでは真っ白なふわふわだったのに、この短時間でどうしてしまったのか。

「今夜また洗ってあげるわね」

汚れを気にしない兎は、ふたたび歩きだした。セレスティーンは周囲を慎重に観察しながら進む。

――埃が溜まって全体的に汚れているわ。天井には蜘蛛の巣ができているし、こんなの少し前まではなかったのに。

この棟だけだろうか。けれど、妙に嫌な予感がする。まるで、生き生きしていた城が急に枯れていっているような印象を覚えた。

ぶるりと寒気がした。知らないところでなにかが起こっているのが恐ろしい。

「待ってアッシュ、置いて行かないで」

階段を下りて大広間を通り、通路を右へ左へと曲がった先に中庭の大樹が見えた。

「……あれ？」

なんだか変だ。前に見たときとは印象が違う。

しかしセレスティーンが感じたそんな違和感をよそに、アッシュは中庭に繋がる扉を開けと催促してくる。逡巡しつつも扉を開くと、そこにあったのは、やはり先日見たものとは違う光景だった。

「……葉っぱが落ちてる」

瑞々しかった緑の葉はそのほとんどが変色していて、たくさんの葉が地面に落ちていた。木の周辺に生えていた草も茶色く変色していて元気がない。僅かの間に春から秋になってしまった印象だ。いや、老化したという表現のほうがしっくりくるかもしれない。

枯れ葉を見て物悲しい気持ちになったのは初めてだ。

アッシュを見やるが、特に驚いている様子はない。地面に落ちた葉をガサガサと避けて、前脚でなにかを掘っている。落ち葉で遊んでいるのだろうか。

「まるで季節が秋に変わってしまったようだわ。それにしてもこの木、元気がないような……」

その木に近づこうとしたそのとき。聞き覚えのある鳴き声が響いた。

「ガアアー、カアアー！」

「っ！　この間の鴉！」

木の頂上付近を旋回していた鴉はセレスティーンに気づいたらしい。二、三度くるくると旋回し、急降下してきた。

「きゃあ！」

鴉の攻撃を察し、咄嗟に逃げた。逃げ込む場所など城内しかないのだが、ふと見るとアッシュがついてきていない。

振り返ると、暢気な兎はいまだに土と戯《たわむ》れていた。

「おバカー！　なにやってるの！」

セレスティーンが兎を拾いあげるよりも先に、攻撃先を変更した鴉がアッシュめがけて襲い掛かった。驚いたアッシュは、すぐにその場から逃げようとする。けれど、アッシュの二倍は身体が大きく、空も飛べる鴉から逃れるのは簡単ではないようだ。

「きゅうう、ッ！」

嘴で毛を毟《むし》られて、アッシュが悲鳴を上げる。セレスティーンは鴉めがけて走り出していた。

「そんなちっちゃな子を襲うなんて！　禿《は》げたらどうしてくれるのよっ！」

昼食の入ったバスケットを鴉に勢いよく投げた。それは見事鴉の頭に当たり、鴉は地面に倒れる。脳震盪《のうしんとう》を起こしているようだ。

「アッシュ！」

涙目で見上げてくる兎が、セレスティーンの胸元に飛びついた。プルプル震える毛玉をしっかり抱きしめる。背中を触ると、抜けてしまった白い毛がセレスティーンの指に絡みついた。血はまじっていない。

「アッシュ、ちょっと下りてて」

しがみつく兎を地面に下ろす。

アッシュは目を丸くしてセレスティーンを見上げていた。一体なにをするのかと、気にしているようだ。

「動物は絶対的な力の差を見せないと、また襲ってくるから。徹底的にお仕置きよ」

動物を虐待するのは本意ではない。が、一方的に襲ってくるほうが悪い。

鴉は賢く臆病な鳥だ。大きな音などが苦手だと聞いたことがある。それならば自分の声も効果があるかもしれない。

セレスティーンは羽をのばしたまま倒れている鴉の羽の付け根を、両手でギュッと握った。脳震盪を起こし目を回していた鴉の意識が戻る。金色の目がセレスティーンを捉え、ギャアギャアと羽をばたつかせた。その鳴き声にかぶせるように、暴れる鴉の抵抗を抑えたまま大声を出す。

「今度襲ってきたらその羽全部毟ってやるんだからね！」

かわいそうに、兎の毛がごっそり毟られてしまった。ただでさえ兎は繊細な動物なのに。

……その例外がアッシュな気もするが。

上下に羽ばたかせようとする鴉の羽の付け根を摑み直し、さらに睨みつけると、鴉は硬直したように大人しくなった。

抵抗も鳴きもしなくなった鴉から手を放す。

「鴉？」

僅かに身体が揺れた直後、鴉の身体が一瞬で消えた。

「えっ!?」

地面の上に残ったのは、砕けたガラスの破片。それも粉々に割れていき、風に流されていく。

不注意で水晶玉を壊してしまった瞬間を思い出していた。

「鴉が消えた……。ガラスの破片も消えちゃった」

なんとも後味の悪い。昼食を食べに来たのに食欲が失せてしまった。

足元に転がっているバスケットを拾い、心配そうにこちらを窺っている兎のもとへ戻る。

元々垂れている耳がさらに垂れている気がする。なにかを反省しているのか。

しょんぼりしている兎を抱き上げて、背中を軽く撫でた。

「昼食、部屋の中で食べようか」

セレスティーンとアッシュは城の中へ戻った。

# 第五章

「あぁ……っ」

艶を帯びた声が上がる。もはや日常となった竜王の食事だ。

寝台に突っ伏したセレスティーンの腰を高く持ち上げ、ガルシアは背後から覆い被さり屹立を突き立てている。

獣のような情交を恥ずかしいと思っていられたのもはじめの数度までで、何度も繰り返されるうちに身体が快楽に従順になっていた。正常位のときとは違う角度で最奥を突かれると、脳天に電撃が走る。

理性はとっくに消えていた。心までは渡さないと抗い続けていたが、この城に来てひと月近く経った今、身体はもうガルシアに与えられる熱を望むようになってしまった。

最初の交わりから数日目までは、行為は口づけから始まった。ガルシアの唾液には媚薬が含まれており、不慣れな身体の負担を軽減するためにしていたようだが、最近ではそれをしなくなっていた。

つまり今、下肢から卑猥な蜜を零し、口から嬌声を漏らしているのは、竜王の媚薬のせいではない。それがわかっているからこそ、セレスティーンは戸惑いを隠せなかった。

気づけばガルシアのことを考え、今も彼を受け入れている自分がいる。

本当に憎い存在なら、嫌悪感で吐き気がしてもおかしくない。気持ちいいと感じるのはおかしい。

そう思うのに、触れられる箇所が熱くて、もっと奥まで満たしてほしくなる。浅ましい願いが口から零れそうになり、咄嗟に枕に口を押し付けた。

「許さぬ」

「ンンッ！」

みっちりと隘路に埋まる杭がさらに奥を突き上げ、子宮口に到達した。体格差があるのですべてを受け入れるのは無理だと思っていたのに、七日目あたりからすっかり受け入れていた。

「あ、ああ……ン、アアッ」

「もっとだ。本能のまま啼けばいい」

腰を高く持ち上げられる。肉を打ち付ける音が室内に響いた。

口の端から顎に伝う唾液を枕が吸い取っていく。

じゅぷじゅぷという粘着質な水音が鼓膜を犯す。太ももに垂れるのが己の愛液だとは信じたくないが、身体はガルシアを喜んで迎え入れていた。

——激しくてくらくらする……。

他の人間の男がどうなのかは比べようがないが、ガルシアの愛撫は執拗だ。唾液も含め、体液をすべて飲み干そうとする。

さらに一度の射精では済まず、最近では朝方近くまで睦み合っている。

ほとんど気を失うように眠りに落ち、気づけば日が高く昇っていることも少なくない。セレスティーンが起きるのを相棒のアッシュが寝台の傍で待ち構えているのが日課だ。兎も寝ていることがほとんどだが。

一体自分のどこに魅力があるのか。毎晩飽きずに貪ってくる彼はまるで飢餓に苦しむ獣のようだ。すべてを食らい尽くすまで放さないという獰猛さを感じる。

「求めよ、もっと……」

背中から腰にかけて、ガルシアの手が触れた。滑らかな肌を味わうように身体の輪郭をなぞってくる。

背中に重みが加わった直後、セレスティーンの右耳がざらりとした湿り気を感じ取った。

「あぁ……っ」

耳の裏を舐められ、ぞくりとした震えが走る。反射的に膣を締め付けると、悩ましげな吐息を鼓膜が拾った。

「……足りぬ。その声が」

尾てい骨に直接響く艶めいた美声。

色香を含んだ声は毒のようにセレスティーンの体内を巡る。

腹部にガルシアの手が回り、繋がっているのを確かめるように下腹にそっと手を当てられた。掌の温もりを感じた直後、下腹をぐっと押し上げられる。

「アァンッ！」

「わかるな？　ここに我がいる。そなたの胎内を満たすのは他の雄ではない」

「ヤぁ……押しちゃ……ああ」

「もっとだ。もっと意識しろ。存分に啼けばいい」

ぐ、ぐっと下腹を掌で押される。ガルシアの欲望の形をまざまざと感じ取り、こらえきれない嬌声が零れた。

他の男を受け入れることなど、この城に留まっている限りありえないことなのに。

彼は何故そのようなことを言うのか。まるで嫉妬しているようだ。

「竜王様……」

彼は常に無表情で感情を見せない。それなのに自分を抱くときだけ、その内面を見せるのだ。

背中を覆う黒髪がよけられて、うなじに空気が当たる。一拍後、むき出しになった首筋に竜王が容赦なく歯を突き立てた。

「アア――ッ！」

「竜王は名ではない」

ぬるりとした感触が首筋を伝う。焼けるような痛みも。

思いっきり噛まれたのだと気づいた。

――でも、名前なんて、呼べるはずがない。

名を呼んだら情が湧いてしまう。今だって自分でもわからない気持ちが少なからず芽生えているのに、これ以上心を占拠されたくない。それに竜王だって、セレスティーンの名を一度も呼んでいないのだ。

「いやぁ、いた……」

ガルシアの舌が首筋を這う。傷口から流れる血を舐めとられている。

番の体液はすべて竜王の糧になる。それは血も例外ではない。

今までも首を噛まれたことはあったが、うっすらと歯形が残る程度だった。だから、血が流れるまで強く噛まれるとは思わず、セレスティーンはぽろぽろと涙を零した。

「う……ふぅっ……」

「涙一滴さえ、我以外にくれてやるのは許さぬ」

繋がったままぐっと身体を抱き起こされて、ガルシアの胸に背中が押し付けられた。自《じ》重《じゅう》によって、奥深くまで彼の雄を咥え込んでしまう。圧迫感と快楽が同時に押し寄せ、涙と一緒に喘ぎが漏れた。

「ンアァ……っ、深い……」

顎を摑まれ後ろを向かされる。至近距離にあるガルシアの顔がさらに近づき、頬を伝っていた涙を舐めとられた。

そのままスーッと舌先が頬をすべり、目尻に到達する。溜まっていた雫を吸い取るように、触れるだけのキスを落とされる。

「ん……っ」

一度涙が流れると、次から次へと新しい雫が生み出されていく。ぽろぽろと零れる涙を一滴も残さずすべて吸い取ると、先ほど嚙みつかれた首筋を今度は労るように口づけてきた。じんじんとした痛みが消えていく。それも竜王が持つ癒やしの力なのだろうか。

自分で傷つけ自分で癒やす。矛盾だらけの彼の心がわからない。

残虐で冷酷な一面を見せるのに、触れるだけの口づけは優しい。

顔も首も彼の唾液まみれだ。顔中に落とされた触れるだけのキスは、涙を舐めとるだけの行為ではなかった。竜王自身、気づいていないのかもしれないが、別の感情がこめられている。触れるだけのキスは先ほどの荒々しさとは打って変わって優しくて、安らぎさえ感じるものだった。

自分でも摑みきれない心の変化に翻弄される。抱きしめる腕に囚われているのではなく、もしかしたら縋られているのかもしれない。

「……ッ！　セレスティーン」

ドクンッ、と心臓が跳ねた。たった一度しか名乗っていない名前をガルシアが初めて呼んだ。たったそれだけなのに、胸がギュッと締め付けられる。それは苦しさに一滴甘い蜜が混ざったような不思議な感覚で、じわりと顔に朱が走った。

耳元に吐息がかかる。彼に触れられたすべての箇所に神経が集中しているようだ。

ガルシアはセレスティーンの腹部を抱き寄せる。胎内に収まる杭がより深く子宮口を刺激した。圧迫感に呻くが、その声には甘さも混じる。

「ン……ッ」

「我が憎いか」

「え……？」

呟きにも似た声音で問いかけられた。

「村に帰さずこの城に留める我が憎いか」

セレスティーンは咄嗟に答えられなかった。憎い、と言えたのはこの城に連れ去られてきた直後まで。一か月が経過した今、ガルシアと過ごす時間の中で情が湧いてしまっていた。

家族には会いたい。けれどガルシアに二度と会えなくなるかもしれない。どちらかを選ぶ決断がすぐにできそうにないことに気づいた。

「私は……、多分あなたのことが嫌いじゃない」

そうでなければ、この行為に気持ちよさを感じるはずがない。

すると、ガルシアがぽつりぽつりと言葉を紡ぐ。

「嫌いでないならなんだ。嫌いの反対は好きなのか。人間が持つ好意とはなんだ。愛とはどういった感情だ」

低音の美声が静かに問いかける。背後にいる彼の表情は窺えない。

「我にはわからぬ。そのような感情を持ったことがない。だがそなたを見ていると胸の奥がざわついて落ち着かぬ。そなたの生き血を飲めば満足するのかと思っていた。しかし飢餓感は増すばかり。なにをすれば治まる？　満たされない空洞はどうすれば埋まる」

身体を繋げても、心が通じていなければ虚しいだけなのかもしれない。

竜王の言う飢餓感というものがどういったものなのかはわからないが、きっと人間が水分を求めるような、本能によるものだろう。

――ずっとひとりだったから、愛がわからない？

満たされない空洞は、きっといくら竜王が悩んでもそのままだ。それは自分で補うものではなく、誰かと交流することによって埋められるもの。

――私の体液を摂取しても胸の奥がざわつくということは、もしかして私の心が欲しいから……？

本人に自覚はないようだが、きっとそうだ。セレスティーンの胸の奥もざわめいた。嫌いじゃない。けれど好きでもない。それは本当に？　と自分の心が確認してくる。

家族と竜王を天秤にかけて、今はもうどちらかを選ぶことができない。迷わず家族を選ぶことも、竜王の手を放すことも。

愛を知らない孤独な竜王。それを教えてあげられるのは、彼の傍にいる者だけだ。

背後から抱きしめてくるガルシアの腕に触れ、セレスティーンは自分が与えられてきた愛を思い出しながら語る。

「……愛は、誰かを慈しみ、大切に想う心。その人の幸せを望み、健康を願い、笑顔でいてほしいと祈る気持ち」

きっと先代の竜王がガルシアに注いでいたのも愛だ。

ほんの一面しか知らないが、日記からは先代の慈しみの心が伝わって来た。次代の竜王に自分を殺させる決断は変わらなかったが、その瞬間までガルシアに望んでいたのは希望だったのだから。

ガルシアの返答はない。

しばらくして、ふたたびぽつりと言葉が落ちてくる。

「それはどうすれば得られる」

「……あなたが誰かに与えたら、きっとその愛は返ってくるわ」

故郷に帰りたい気持ちに変わりはない。しかし同時にそれを躊躇う自分もいる。

なにしろ記憶を失うほどのなにかが起こったのは間違いないのだ。もしそれが防衛本能だったら、確かめるのは怖い。

――でも、忘れている記憶を取り戻したら、彼ともしっかり向き合える気がする。

無表情で獰猛な美しい男。自分の気持ちはまだはっきりとは見えないが、力強く抱きしめてくる腕を振りほどこうとも思えなかった。

◇　◇　◇

気絶するほど気力も体力も貪られることなく、セレスティーンは初めてガルシアとともに同じ寝台で眠りに落ちた。

パキン、となにかが割れる音がした。まるで殻の中に閉じ込めていたものが出口を見つけたかのように、中から映像があふれてくる。あの日の出来事が鮮明に蘇った。

『――ねえ、姉さん。アンジーが熱を出したんだ。でも熱冷ましの薬草が切れてしまって。悪いけど採って来てもらえない？』

三歳年下の弟、ユアンが熱消しの薬草を採取してほしいとお願いしてきた。あと数刻もすると日が落ちるだろう。だが隣に住む幼いアンジーの体調が悪いとなると、このまま放置することはできない。

『いいわ。熱冷ましの薬草って、川の近くに生えてるエイダの葉でしょ』

『うん、そう。ありがとう姉さん』

村の薬草師に弟子入りしているユアンの願いをセレスティーンは快諾した。子どもは一族の宝だ。村の皆で面倒をみるのは普通のことだった。体調を崩したら、大人が薬草を採りに行く。

エイダの葉が生息しているのは村からそう遠くない川のあたり。急げば、日没までには戻って来られるだろう。

『どのくらい必要なの？』

『できれば多めに欲しいんだ。乾燥させて常備したいから』

『わかったわ。すぐに採ってきてあげる』

セレスティーンは、いつの間にか自分より目線が上になってしまったユアンの金色の髪をさらりと撫でた。

『姉さん、僕もう子どもじゃないんだから、頭撫でるのやめてよ……』

照れた顔で怒る弟を見るのも、姉の特権である。

『だって、ユアンのお日様色の髪が綺麗なんですもの。それに、いくつになってもユアンは私のかわいい弟よ』

金色の髪に緑の瞳は、クルゼの一族の中では異色だ。クルゼの民は暗色の色彩を持つ者が多い。

ユアンとセレスティーンは血の繋がりがなかった。彼が十歳のとき、近くの山で行き倒れになっていたのを見つけ、セレスティーンの両親が引き取って養子にしたのだ。親元へ帰そうにも、ユアンはここに来る前の記憶を失っていたからだ。

兄弟が欲しかったセレスティーンは、心細そうにしていた彼の世話を進んで引き受けた。それからすくすく成長した彼は、村で唯一の薬草師のもとへ弟子入りし、今では立派なクルゼの民だ。

怪我人や病人の看護で忙しい弟の代わりに、セレスティーンは急いでエイダの葉を採りに向かった。

けれど、歩き慣れた道を進み、ようやくたどり着いたその場所には目当ての葉がたったひとつしか見つからなかった。

『嘘、ひとつだけ？　どうしよう、これ、いただいてもいいのかしら……』

薬を作るには、根っこから採取しないといけない。だが、この場所にひとつしかないとなると、これを抜けば、この後生えてこない可能性もある。

少し考え、セレスティーンはその場所での採取を諦めた。ここよりさらに歩いた先に洞窟がある。その中にも、同じ薬草が生えているという話を思い出したのだ。

特殊な環境でしか生息できないエイダの葉は、日の当たらない水辺を好む。それもどこでもいいというわけではないので厄介だが、熱冷ましだけではなく滋養強壮にも頭痛薬にも使えて万能だ。

セレスティーンは急いで洞窟へ向かった。

するとそこにはたくさんのエイダの葉があった。少し多めに欲しいと言っていたので、十株を根っこごと採取する。布でくるんでから肩かけのバッグに仕舞った。

洞窟を出ると、空は茜色に染まっていた。すぐに夜がやって来る。

村までは一本道だが、灯りがないと危険だろう。念のため持ってきておいてよかったと思いながら、ポケットに入れておいた夜光石を取り出す。

酸素に触れると青白い光を発する不思議な鉱石だった。

星読みの一族は夜目が利くが、木々が生い茂る山の中では夜光石が欠かせない。

とっぷりと夜の帳が下りた空は、生憎の曇り空。星も月も確認できない。

ここ数日は雨の日が多く、星を読むこともできなかった。作物を潤す恵みの雨は好きだが、雨の夜は子どもが連れ去られるという言い伝えがあるので、慎重に戸締まりをしなければならない。

——採取した薬草を早く届けないと。アンジーとユアンが待ってるわ。

だが、少し進んだところで足が止まった。

『なに……？』

夜なのに村の方角が明るい。

一族の家も田畑も、クルゼの村全体が赤一色に染まっていた。

茫然とその場に立ちすくむ。目の前の光景がとても信じられなくて、セレスティーンは動くことができなかった。

風向きが変わり、炎に焼かれる家屋の臭いを嗅いだとき、それが現実なのだとようやく理解した。

——火事だわ！

脳に情報が届き、全速力で村へ駆けていく。

『父様、母様！　ユアン！』

村に着き、叫びながら彷徨うが、誰ひとり見当たらない。

煙を吸い込まないように、持っていた手巾で口と鼻を押さえる。

呼吸が苦しい。心臓もうるさい。

肌が焼けるほどの熱気をすぐ近くで感じる。火を敵に回すとこんなにも恐ろしいだなんて、知りたくなかった。

お願い、誰でもいい。誰かひとりでも生きている人がいてほしい。

炎が行く手を阻む中、やっとの思いでセレスティーンは自宅へとたどり着いた。

幸運にも、自宅はまだまったく焼けていなかった。安堵しながら、急いで扉を開ける。

『父様、母様！　じい様、ユアンっ』

居間を通り、両親の部屋へ向かう。

勢いよく扉を開いた先には、探していた人物のひとりがいた。

『ああ、お帰り姉さん。少し早かったね』

けれど、美しく微笑む弟の顔には、彼に似つかわしくない血がべっとりとついている。

いや、顔だけではなく、その手も真っ赤に染まっていた。

『ユア……、っ！』

一歩踏み出すと、なんらかの液体が靴に跳ねた。床に目を向ければ、木目調の床が赤い液体で染まっている。

これは一体、なに？

『本当はこんなところを姉さんに見せるつもりはなかったんだ。川辺にエイダの葉がなかったら少し先の洞窟まで採取しに行くはずだからもっと時間がかかると思っていたのに、夜目が利くからかな。早かったね。やっぱり便利だよね、その目』

床には、血にまみれた男性が横たわっていた。それが誰であるか、セレスティーンが見間違えるはずがない。

微笑みを浮かべたまま、ユアンが剣を引き抜いた。血しぶきが上がり、ユアンの身体に降りかかる。彼はそれをまったく気にする様子もなく、床に倒れるその人を蹴りあげた。

『――――ッ!!』

悲鳴は声にならなかった。

誰が見ても絶命しているとわかるその人物は、セレスティーンが敬愛してやまない父親。クルゼの一族を束ねる当主であり、村の長。

衣服は真っ赤な血で染まり、いつも穏やかに笑っていた父親の顔には虚ろな穴がふたつ。

『目が……』

あるはずのものがない。自分と同じ、群青に金粉を散りばめた星空の瞳が消えていた。

『とう、さま……』

変わり果てた姿から視線が離せない。こんな状況で微笑んでいるユアンが、とてつもなく恐ろしい。

家族として五年間過ごしてきた日々も思い出も、すべてガラスのように脆《もろ》く砕けていく。

『父さんと母さんの目玉をもらったんだ。夫婦は一緒がいいでしょう？　ああ、じい様のは老人だから遠慮しておいたよ。年寄りのは需要がなくてね』

視界の端に、見慣れた手が見えた。よく働き、おいしい料理を作ってくれる優しい手。のばされた先にいたのが父親だと気づいた瞬間、セレスティーンの目から涙が溢れた。

『なんで！　一体なんのために！　村に火を放ったのもあなたの仕業なの⁉』

信じていたのに。大好きな家族だったのに。

優しい人々を残酷な方法で殺した。これが衝動のままに行われたのではないことくらい、セレスティーンにもわかる。

『村に火を放ったのも、父さんと母さんとじい様を殺したのも僕だよ。姉さんと僕以外はみんな焼かれて死んでいる。でも安心して。育ててもらった恩があるし、できるだけ苦しまない方法を選んだから』

ユアンは意外にも饒舌《じょうぜつ》に話し始める。聞きたくないのに、セレスティーンの耳はその一語一句を逃すまいとしていた。

『井戸に遅効性の毒を仕込んだんだ。効果が現れるのは三日後。身体が痺れ満足に動けなくなり、意識を失う。そのまま安静にしていれば翌日には毒が抜ける程度の軽いものだけど、それで十分だった』

村人全員が口にするものにそんなものを混ぜるなどどうかしている。だが井戸の水なら自分たちも使っていた。三日も前から毒入りの水を飲んでいたのに、何故自分にはその症状が出ていないのだろう。

『姉さんには寝る前にいつも僕が淹れたお茶を飲ませていたでしょう。あの中には解毒剤が入っていたんだ。だから姉さんは毒の影響を受けなかった』

頭がぐらぐらする。激しい憎悪と怒りで視界が霞んだ。

『……何故、私だけ……？』

どんな理由にせよ許すことなどできない。しかし理由を訊かずにはいられなかった。

『姉さんの目が一番きれいだから』

意味がわからなかった。たったそれだけの理由で自分だけ残されたのか。

怒りよりもゾッとした震えが走る。

――怖い……。

まだ成人前の子どもの所業ではない。

『この国の今の王が、数代前の王によって王都を追放されたクルゼの一族に興味を持った。今の六賢者たちではどうも頼りないと思ったらしい。かつて王を支えていた一族が生存していることを知ると、彼らの力を確かめるべく、己の息のかかった者を潜りこませた』

セレスティーンは弾かれたように顔を上げた。まっすぐ見つめてくる緑の目と視線がぶつかる。彼が言わんとすることを理解した。

『僕はろくでなしの王家の末っ子でね、今の王の八番目の弟だ。記憶がなくて行き倒れていたのは嘘。子どものほうが相手も油断するだろうという理由だけで、僕はあの場所に捨てられた。もし獣に食われたらそれが僕の運命だって』

ユアンのその後は知っての通りだ。記憶がなくなったふりをしてまんまと拾われて、新しい名までつけてもらった。嘘か実《まこと》かはわからないが、このままユアンとして生きていきたいと思っていたのだと言った。

だが、どんな手を使ったのかわからないが、ユアンが生き残っていることが王に知られた。クルゼの力を己のものにできれば未来が読めると考えた王は、クルゼの民を生きたまま王都に連れてくるよりももっと簡単な方法があると判断した。

クルゼが持つ星空の瞳——あれを手に入れ、移植をする。

にわかには信じられない話だ。他人の目を移植するなど聞いたこともない。そのような医療技術が王都にあるとも思えない。

そもそもクルゼの民の星読みの力は、目に宿っているわけではない。受け継いできた知識と経験によるものだ。それなのに王は、星空を宿した群青の目に秘密が隠されていると信じ切っているらしい。

『……そんな、理由で……』

『バカげているでしょう？　この国の王族は、元を辿れば君たちクルゼが追放される原因を作った偽りの王家。玉座に就くべき男を殺し、無理やり奪った血染めの椅子に座る人間だ。その腐敗した王族を殺さない限り、この国に安寧は訪れない』

彼はポケットから火打ち石を取り出した。

なにをするのと止める間もなく、火花が発生する。

用意されていた油紙に着火して、燃える紙をそのまま下へ落とした。——父親の遺体へ。

『……』

火は衣服に燃え移り、徐々に範囲を広げていった。

パチパチと火が爆ぜる音がする。目の前の光景に、セレスティーンは動くこともできない。

『王が望んだことはふたつ。今後、王権の脅威になり得るクルゼ一族の暗殺、及び目の回収、そして、一族の娘をひとり連れてくること』

『——ッ！』

そこで初めて話の矛先が自分に向けられ、セレスティーンの心臓が大きく跳ねた。ドクドクと血液が急速に体内を巡り始める。

ここから無理やり連れ出されて、王の目の前で目をくり抜かれるのだろうか。それとも生きながらに死にたくなるような屈辱を味わわされるのかもしれない。

自分も死ぬかもしれない――。本能的な恐怖に身体が凍り付いた。

目の前の男は家族でも弟でもない、腐った王家の犬だ。

『王は姉さんを愛人にして囲い、その能力を受け継いだ子どもを得ようと目論んでいる。万が一移植がうまくいかなかったときの保険として。移植の実験にされる人間もかわいそうだよね。でも安心して、あんな下種な男に姉さんは渡さないから』

一歩、二歩とユアンが近づいてくる。火は床に燃え移っている。

『僕の姉さんは渡さないよ――』

至近距離から見下ろされる。その端整な顔にはうっすらと仄暗い笑みが浮かんでいた。

唇に冷たいなにかが触れた。

キスをされているのだと認識した瞬間、嫌悪感が湧き上がり、ぞわりと産毛が総毛立つ。

『――ッ！』

口内に入り込んだ肉厚な舌が気持ち悪い。口内を切っていたのだろうか、僅かに鉄の味がした。ユアンの血の味だ。

『イ、ヤァ……ッ！』

力を振り絞り、ユアンを退けた。視界の端では、パチパチと爆ぜる炎が母親の遺体を呑み込んでいた。

ここも危ない、じきにこの家も焼け落ちる。その前に煙を吸い込んで意識を失うかもしれない。

頭の片隅では冷静に現状を把握している。だがそれを上回る感情の嵐に呑み込まれ、セレスティーンの瞳からふたたび涙が零れた。

『……僕に星読みはできないけど、ひとつ予言をしてあげる。人の臓器は鮮度が命だから、今日は見逃そう。でもまたすぐに戻って来るよ。そのときまで姉さんが生きていたら、姉さんを迎えに行く。どこに逃げようと、どこに隠れようと、あなたと僕は永遠に一緒だ――』

ユアンの手にはガラス瓶が握られていた。その中になにが入っているのかなど、見なくてもわかる。

呪いの言葉を吐いて、ユアンは去った。外から複数の人間の声と足音が聞こえてくる。それは一族の生き残りではなく、ユアンの仲間だろう。

『父様、母様……』

それからどうやって家の外へ脱出できたのかわからない。本能的に、生きなければと身体が思ったのだろう。

気がついたときには外にいて、激しく燃え広がる火を茫然と眺めていた。心の中で誰かに強く助けを求めながら。

――赦さない、赦さない……。

村も家族も、大切なものをすべて奪われ、思い出すら穢された。無力な自分を恨み、下種な王家を恨み、ユアンを憎む。

自ら命を絶つ行為は、一族の掟により禁じられている。死ぬことはできない、だがこのまま生きていくこともできない。ユアンの呪いが耳にこびりついている。生きている限り、どこまでも探し出して迎えに行くと。

永遠に一緒――。その言葉を思い出し、セレスティーンは声にならない悲鳴を上げた。

――誰か助けて……！

村を焼いた煙が天に昇り、雲とは違う靄で空を覆う。

星も月も見えない夜に、突如突風が吹いた。煙の風向きが変わり、まだ燃え続けていた火の勢いが弱まる。

雲に覆われていたはずの月が顔を出した。とても綺麗な満月だった。その月の光を浴びてキラキラと輝く白銀の竜が、まっすぐにセレスティーンを見下ろしていた。

その美しさと神々しさに、セレスティーンは呼吸を忘れて魅入った。

金色に光るふたつの目は思慮深く理知的に見えた。

非力な自分など簡単に傷つけることができるだろうが、不思議と恐怖はない。凄惨《せいさん》な光景を見続けて、心が麻痺していたのかもしれない。

だがこの瞬間、セレスティーンははっきりと安堵した。この竜になら殺されてもかまわない、食べられてもいい。この場に留まるよりはずっとマシである、と。

声にならない望みを抱いたまま、セレスティーンは白銀の竜に縋ったのだった。

◇　◇　◇

失っていた記憶を取り戻し、夢から目覚めたセレスティーンは寝台の上で泣き崩れた。

「あ、ああ……っ」

涙が嗚咽とともに溢れて止まらない。

この城の出口を見つけたところで、生まれ育った場所に大切な人はもういない。家族も友人も失い、村全体が焼け野原となっているだろう。

己の無力さを嘆く。シーツの上に水滴が落ちてはシミを作っていた。

忘れてはいけないない出来事を忘れていたのは、やはり防衛本能だったのだろう。今のように冷静に受け止めるだけの心のゆとりがなければ、きっと心を壊していた。

ぼろぼろと涙が落ちて止まらない。目で見た光景だけではない、火の熱さも肉が焦げる臭いも鮮明に蘇った。

「ひっ……、う……っ」

呼吸が苦しい。うまく酸素が吸えない。胃の奥から胃酸が込み上げてくるが、それをなんとかやり過ごす。

口を開いて必死に酸素を吸い込むが、それでも苦しさは治まらない。

ひとりでは抱えきれない重みに押しつぶされてしまいそうだ。

膝を抱えて背中を丸め、絶望の底に落ちきる寸前、静かな声音がセレスティーンの意識をすくいあげた。

「——その雫、我に寄越せ。シーツにくれてやることはない」

いつから目を覚ましていたのか、ガルシアの声だった。

緩慢な動きで顔を上げる。視界がぼやけて焦点が定まらない。だが身体を起こしていたガルシアが、そっと手を差し伸べているのがわかった。

「竜王、様……」

「ひどい声だ。目も溶けるぞ」

ガルシアの声はいつもと同じく感情が読めない。しかしいつもと同じその声が今はひどく安心する。

それと同時に、彼に対する罪悪感が込み上げる。

最初に助けを請うたのは自分だ。それなのにひどい言葉をたくさんぶつけた。忘れていたとはいえ、自分を保護してくれた相手を人攫いだと言った。

竜王が持ちかけた賭けというのは、城の出口を見つければセレスティーンの願いを叶えるというもの。ずっと村に帰してとばかり言ってきたが、竜王はそれに対してなにも言わなかった。

ガルシアが顔を近づけてくる。セレスティーンの顔は、涙や鼻水でぐちゃぐちゃになっているだろうに、彼は気にする様子もなく、舌先で涙の跡をなぞった。

「……っ」

顎から頬、そして目尻にかけて、丹念に涙を拭っていく。

「竜王様……」

「そなたはいつまで我を竜王と呼ぶのだ」

不機嫌な声だ。

けれど、混乱した頭では彼がなにを望んでいるのか摑めない。その間も次から次へと涙は零れていく。ガルシアは一滴も逃すことなく、左右の目から溢れる涙を吸い取っていく。

「ガルシアだ。そなたが最初に名乗れと言ったのだろう。忘れたのか？」

はっきりとは口にしないが、名を呼べと言われている。

嗚咽が混じる声で、セレスティーンは初めて彼の名を呼んだ。

「……ガル、シア……」

すると、ガルシアの口許が少し綻んだ。静かな金色の目を見つめながらもう一度呼ぶ。

「ガルシア……」

「ああ」

彼は眩しそうに目を細めた。自分はここにいる、だから安心しろ、そう言っているかのようにセレスティーンの身体は正面から抱きしめられていた。布越しに少し低めの温もりが伝わって来る。トクントクンと心音まで感じられた。

「ガルシア……っ」

自分でも制御が利かない感情の波に攫われそうだ。流されないように、セレスティーンはギュッとガルシアにしがみついた。

名前を呼んだら情が湧く。そう思っていたのは半分正しく、半分間違いだ。

ガルシアに対しての情はとっくに生まれていた。ただ名前を呼んだ瞬間から、彼への情をはっきりと自覚した。

心の中にはすでに彼の居場所が作られていた。自覚した今、もう追い出すことはできない。

「よくもこんなに零せるものだ」

「だって……」

次から次へと溢れる雫は、心の澱みをすべて出し切ろうとしているかのようだ。

ガルシアは飽きることなく涙を吸い取っていく。それが彼にとって精になるのなら、きっと零した涙も無駄ではない。

泣きすぎて頭が熱を持ち、うまく働かない。このままでは気を失ってしまいそうだ。だがその前に言わなければいけないことがある。

「……ごめんなさい」

彼を巻き込んだのは自分だ。竜王があの日現れなかったら、きっとしばらくの後、炎の中に身を投げていた。

家族を、一族を裏切ったユアンに辱めを受けるくらいなら死んだほうがいいと思ったに違いないからだ。

ガルシアは、なんのことを言われているのかわからないと言いたげに首を傾げている。長い間誰とも交流せず、他人の心にも自分の心にも疎い彼には、謝罪や礼をされることに慣れていないのだろう。

ユアンに対するどす黒い感情が徐々に薄れていく。だがそれが完全に消えることはないと、セレスティーンはわかっていた。

そのときふいにガルシアの声が耳元に落ちた。

「報復したいか」

彼らしい端的な問いかけだった。

「……知っているの？　村で起こったこと」

「詳しくはわからなかったが、今見たからな」

人知を超えた力を持つ竜王のことだから、セレスティーンが見ていた夢を覗いていたのかもしれない。

心の奥から黒い感情が湧き上がる。死んだ両親の最期の姿、笑っていた顔、平和だった頃の日々が次々に蘇り、殺された悔しさと悲しさに怒りが消えない。

――赦さない。愚かなイルキシアの王も、家族のふりをしていたユアンも。

この先一瞬でも幸せなひと時を得られると思うな。奪われた者たちの恨みも怒りもすべて背負い、苦しみながら死ねばいい。

未来を視る力が宿ると言われている星空の瞳が黒く染まる。偽ることのできない本音を心の中で唱えていた。

口には出さなかった。だがセレスティーンの目を見たガルシアには、はっきりと伝わったらしい。

「わかった」

一言そう言った後、温もりが離れていく。ふいに、不安と寂しさに襲われて、咄嗟にガルシアの夜着の裾を握った。

「あ……」

彼の手が瞼を覆う。少し冷たくて、でもそれが心地いい。

手で視界を遮りながら、ガルシアはセレスティーンの身体を横たわらせた。

「しばし眠れ。まだ夜明けには早い」

その言葉に誘われるように、眠気が襲ってくる。身体が重くなり、指一本動かすのも億劫になる。

瞼を閉じたセレスティーンの耳が最後に拾ったのは、扉の閉まる音だった。

ガルシアはどうするつもりなのか。

止めることも尋ねることもできず、セレスティーンの意識は深い闇に呑み込まれていった。

# 第六章

番の嘆きはガルシアの怒りであり、番の望みは自分の望みでもある。

他者の夢を共有するのは初めてだった。だが相手が番という己の半身ならば、そのような不思議なことも起こり得るのだろうと納得する。

己の頭に流れ込んできたのは鮮明な光景。ガルシアがセレスティーンの前に降り立つより少し前の出来事。

番を傷つける記憶なんて思い出してほしくなかった。

彼女が記憶を忘れていたのは、まさしく防衛本能によるものだろう。村が焼かれて火に呑まれるのを、ガルシア自身も目撃している。

生き残りはセレスティーンひとり。その理由は、たまたま運が良かったという単純な話ではなかった。

「……」

実に不愉快な気持ちで、ガルシアは空を駆ける。

番を苦しめ、泣かせた男――ユアンという名前だったたか。恩を仇で返すとはああいうことを言うのだと初めて知った。

セレスティーンの家族を殺し、故郷を奪い、泣かせた罪は重い。

心に負った傷が癒えるには時間がかかるだろう。その間セレスティーンは彼女を傷つけた男のことを忘れられない。

番の心に別の男が棲み続ける。それが言葉にできない苛立ちと憤りを感じさせる。

自身の心の機微に疎いガルシアも、この感情が嫉妬や独占欲と呼ばれるものなのだということには気づいていた。

これが番に対する本能なのかはわからない。それに、愛がなんなのかもまだわからない。

だが相手を慈しみたい、守りたい、一緒にいたい、笑顔が見たい、そういう感情を愛と呼ぶなら、自分が彼女に抱く感情はきっと愛なのだ。

けれど自分が抱えるのは愛だけではないようだ。渡したくない、この腕に閉じ込めておきたいという執着も抱いている。

――この感情はなんだ？

朝焼けの空の下、ガルシアは目的地を目指す。ともあれまずはきちんとこの報復をせねば。そして、番の憂いを絶っておかねば。人間の王の首がいくら替わろうが構わない。竜族の自分とは違い、代わりなどいくらでもいるのだから。

ガルシアの城に棲みついていた化身の鴉が消えたために、鴉に宿っていた敵意と攻撃性が、本体であるガルシアに戻って来ていた。

これまで苛立ちや怒りを覚えることはあっても、攻撃的な竜の本性はほとんど消え失せていた。だが、今は違う。

――我の番の心を傷つけた罪は重い。

今さら赦しを乞うたとしてももう遅い。犯した罪はその命をもって償わせる。

数百年ぶりに竜王の咆哮《ほうこう》が轟《とどろ》いた。大気を震わせ、その嘆きと怒りが風と共に同族へ伝わる。

ガルシアを竜王と認めるならば、この咆哮を聞いた同族が集結するだろう。竜王の番を傷つけることは竜王の尊厳を傷つけるのと同じくらい罪深い。神話の世界でしか登場しない竜の本気を強欲な人間に知らしめれば、後の数百年は慎ましく過ごすはずだ。

目的の地――イルキシアの王都が見えてくる。

貧富の差が激しいこの国の王都は下品なまでに煌びやかで、空から見下ろすだけでわかる。中でも、王族が住まう城は虚栄《きょえい》に満ちている。

上空に集まる竜の数は五十頭を超えていた。遠方に住まう竜たちが集まってくるのも時間の問題だろう。

色鮮やかな鱗を持つ竜たちだが、ガルシアと同じ白銀の色を持つ者はいない。自由を愛する彼らは普段群れることを嫌うが、王の召集には意気揚々として集まってくる。特にガルシアが王位に就いてからこのような召集をしたのは初めてだからということもある。退屈しのぎで集まった竜族もいるだろうが、大半は竜王の怒りに反応し、竜が軽んじられていることに憤っている。

彼らには城に住む兵士たちを牽制《けんせい》する役にまわってもらう。直接危害を加えずとも、上空を竜が支配していれば、翼も牙も持たない人間など手の出しようがない。

「我の呼びかけに集まったそなたらに感謝する」

そう声をかけて、ガルシアは地上へ舞い降りた。外を警備する衛兵たちがざわつくなか、城内へ侵入し王の寝室を目指す。

まずはこの国の王に報復する。その次に末の王弟、ユアンだ。

奪われたクルゼの当主夫妻の目も奪還しよう。彼らの墓石を作り、埋葬するのだ。

人型に変化し、素知らぬ顔で城内を歩く。

淀んだ空気が漂っている。人の恨みを集め凝縮したような腐臭《ふしゅう》がする。清らかな精気を放つセレスティーンとは正反対だ。

愚かな為政者に従わなければならない民は憐れだ。この国のためにも、一掃するほうがいい。

「誰だ！」

怯えを隠しつつ、男が寝台から起き上がる。手には剣を持っているようだ。

ガルシアはゆったりと近づいた。

「……竜の不興を買った暗愚《あんぐ》な人間の王よ。恨みの数だけ覚めぬ悪夢を与えよう。己の罪は己で贖《あがな》うがよい。その先に安寧の地はないがな」

呪詛を紡ぎ、男の心臓へ見えない針を刺す。

己の行いは己に返る。王に対する恨みの数だけ生き地獄を味わい、苦しみもがいた末に死に至る毒針だ。

精神を病んだ王は玉座から引きずり降ろされ、惨めにひとりで死ねばいい。

末の弟を辺境の地に捨て、他の兄弟を惨殺した男が見る最初の悪夢は、もっとも身近な人物による恨みだろう。

夢の中でどのような断罪を受けているのかはわからない。

男の寝台に断末魔の叫びが響く。だが女官も衛兵も臣下のひとりすら駆けつけてこない。人は窮地に陥ったときこそ正直に動くもの。つまりこの男は死んでもいい人間、と周りに判断されているということだ。

特に問題もないまま地下に続く階段を下りる。城内の衛兵は、上空に竜がいることでほとんどが出払っていた。神話の生き物に戦いを挑むほど愚かではないようで、牽制は役に立っているようだ。

一段下りるごとに腐臭が強まる。血と汚物のすえた臭い。

獣の呻き声に似た声が反響している。

誰にも見咎められることなく、ガルシアは目的地である地下牢を目指す。竜王の番を苦しめた人物は、なんらかの罪に問われて地下牢に繋がれているらしい。

これほど不衛生な罪人の牢に王族を囚えておくのは不適切だと思うが、反対する人物もいなかったのだろう。あの王のことだ、逆らう人物も牢に入れられそうだ。

生きているのか死んでいるのかわからない、生気を失くした罪人たちの前を素通りし、目的地にたどり着く。

僅かな光しか差さない小さな窓には決して開くことのない鉄格子。

石造りの牢は体温を奪う。寒々しい牢の中にはボロボロになったブランケットが一枚。

下水の管理も不十分で、その劣悪な環境に思わずガルシアも眉をひそめる。

他の罪人と唯一違うのが、椅子があるかないかだ。

木で作られた粗末な椅子だ。椅子の脚が一本欠けている。そこに、まだ成人前と思しき少年が静かに座っていた。

薄汚れた服に細い身体。適切に食事が与えられていないとわかる。セレスティーンの夢の中では端整な甘い顔立ちをしていたが、今では目だけがやけに印象的で病人のようだ。その少年――ユアンは、じっとこちらを見つめていた。

「誰?」

中性的な声だ。いや、ただ掠れているからそう聞こえるのかもしれない。

だがその静かで落ち着いた声から察するに、目の前の少年は先ほどの暗愚な王などよりはよっぽどまともな精神を持っているようだった。彼も何年かはセレスティーンの家族のもとで過ごしてきたのだから、多少彼らの影響を受けているはずだ。

それでもあの惨状を引き起こしたのは目の前の少年である。同情の余地は一切ない。

ユアンの問いに答える義理もない。ガルシアは逆に問いかけた。

「何故ここにいる」

ガルシアに関心はないが、セレスティーンが知りたがるかもしれない。死人からは情報を引き出せないから、その前にできるだけ情報を得ようと考えた。

うっすらと微笑んでいるようにも見える表情が僅かに変化した。

「王の命令に背いたから」

王の命令は、村を焼き、クルゼの一族を殺害し、セレスティーンの両親の目を抉るということだったはずだ。それ以外では――。

「セレスティーンを見逃した罪がこれか」

王の愛人としてセレスティーンを連れてくる、という勅命もあった。それに背いたということか。

「僕の姉さんを知っているようだね。あなたが姉さんを匿《かくま》っているのかな。彼女は生きている？」

「……」

番の情報を与えたくない。

なにせこの少年は、弟の立場を利用し、セレスティーンの唇を奪い、心に消えない傷を与えた男だ。

そう思うのだが、僅かに情が動いた。気まぐれとしか言いようがない。

「安心せよ。我の番は我が守る」

「番……？」

ユアンは聞きなれない言葉に首を傾げた。

「人は伴侶のことを番とは呼ばない。あなたは一体何者なんだろうね。この地下牢にやすやすと侵入できるくらいだ。人間じゃないんだろう。姉さんは面白い人に見初められたらしい」

十五歳という年齢に似つかわしくない落ち着いた印象。この状況を受け入れているように見えるのは、こうなるのを予測していたからか。

「我は、そなたが何故愚かな王に従い、村に火を放ったのかなど興味はない」

だが、とガルシアは続ける。

「我の番を泣かせ、心に深い傷を負わせた。その罪は重く、万死に値する」

「……そう、姉さんが僕を思い出して泣いてるんだ」

「……」

彼もまた、歪な感情を義理の姉に抱いている。

少年の嬉しそうな声を聞いて、ガルシアは無性に腹が立った。

何故と訊かれても答えにくい。

「忘れるな、セレスティーンは我の番だ」

「もう聞いたけど」

「生意気な小僧だ」

最後に言いたいことがあるかと尋ねる。これ以上長居はできないが、そのくらいは聞く時間はあるだろう。

ユアンはずっと同じ微笑みを浮かべている。今から殺されることがわかっているだろうに、その微笑は変わらない。

「なにも」

謝罪も懺悔《ざんげ》もない。己の運命を受け入れている目だった。王に背いたのだから、遅かれ

早かれ未来は決まっているからだろう。

「そうか」

一拍後、風の刃をユアンに向けた。

事切れた後も彼は微笑みを浮かべたままだった。

◇　◇　◇

気を失うように眠りに落ちた後、セレスティーンの意識が戻ったのは夕暮れだった。

喉の渇きを覚え、気だるい身体を起こす。

寝台の脇に用意されていた水差しを取り、グラスに水を注いだ。二度グラスを空にすると、ようやく頭がすっきりしてきた。冷たい水で顔を洗えば、少しは落ち着くだろうか。

「きゅ？」

小さな鳴き声が聞こえた。すっかり相棒となったアッシュだ。

近頃は、このふわふわな兎を抱きしめて起きるのが日課になっていた。足元で丸まっているであろうアッシュに手を伸ばそうとしたが、兎は寝台の下で後ろ脚二本で立ち、セレスティーンの様子を心配そうに窺っていた。

「アッシュ、おはよ……」

起き抜けの顔をアッシュに向けると、金色の瞳が零れ落ちそうなほど見開かれた。

「え？　どうしたの？」

「きぃ!?　きゅうううー！」

大変だ！　どうしよう！　とでも叫んでいるかのように、兎は寝台の傍をぐるぐる駆け回っている。その慌てぶりは笑いを誘うが、理由がわからなくて困惑もした。

「なにをそんなに慌ててるのかしら……」

顔を洗うために洗面所へ向かう。鏡に映る己の顔を見た途端、セレスティーンはあまりのことに思わず叫んだ。

「誰!?」

瞼は腫れて、顔も一回り大きくなった気がする。今までも泣き疲れて眠ることはあったが、こんな状態になったことはない。改めて、鏡の中の自分を凝視した。

「きゅるる……」

ね、びっくりするでしょ？　と言いたげなアッシュの言葉に頷いた。顔がむくんでいるのは寝すぎただけではない。この顔になった原因を思い出す。先ほどの寝室に急いで戻るが、そこには誰もいなかった。

「……もう夕方。私半日以上も眠っていたの……」

いつもガルシアが姿を現すのは日が暮れた後だった。だが今日の彼はこの城にいるのかどうかもわからない。

　ひどく心細い気持ちになる。今すぐガルシアに会ってきちんと謝りたい。それにもし、自分の願いを聞き入れてイルキシアの王都にまで行ったのだとしたら……。

「殺人をお願いしたことになるわ」

　彼に罪を背負わせてしまう。

　イルキシアの民でもない、人間でもない竜王が人の法で裁かれることはないだろう。だが彼の手を汚させてしまうのではないかということにひどく罪悪感が生まれる。

　あの日の光景を思い出すと、勝手に涙が滲む。血の臭いも連鎖的に思い出し、胃の底から気持ち悪さが込み上げてきた。

「う……っ、げほっ……」

　吐き気に抗えず洗面台に吐しゃ物を出したが、なにも食べていない身体では、先ほど摂取した水分と胃液しか出てこなかった。

　なにか食べたほうがいい。でも食欲なんて湧きそうにない。

　ふらふらとした足取りで先ほどまで寝ていた寝台に戻る。後ろをぴょこぴょこついてくるアッシュを抱き上げて、同じ寝台に乗せた。

「心配かけてごめんね……。あなたのご主人様が帰ってくるまで、もう少し寝ていようと思うの」

ならば自分も添い寝しようとでもいうように、アッシュがセレスティーンの胸元に擦り寄って丸くなった。

抱きしめるにはちょうどいい位置だ。ふわふわだった毛並みは、触り心地が少し悪い。よく見ると真っ白だったアッシュの毛色が、薄汚れた灰色になっている。

毎晩手入れをしていたのに——と思いつつも、いつも自由なこの兎がどこでなにをしているのかまでは把握していない。また綺麗に洗ってブラッシングをしてあげよう。

トクントクンと小さな鼓動を奏でる兎を抱きしめていると、次第に眠気がやってくる。

「ガルシア……」

——どこに行ったの。

不安で心配で、彼を想うと苦しくなる。無事な姿を見せてほしい。

自分の所為で彼が傷ついていなければいい。竜王が人間に怪我を負わされるとは考えにくいが、それでも彼のことが心配だった。

会いたいと思う気持ちは罪の意識からだけではない。純粋に彼に焦がれている。

——早く帰って来て。

たくさん話したいことがある。肌を重ねるだけではなく、言葉を交わし相手のことをきちんと理解したい。

セレスティーンの意識は水底に沈むようにゆっくりと落ちていった。

月が煌々と輝く深夜。

カタン、と小さな物音が響いた。その音を拾い、セレスティーンの意識がはっと浮上する。

「ガルシア？」

人の気配を感じ、声をかけた。

上半身を起こし、セレスティーンは月明かりで照らされた部屋を見回した。

ゆったりとした足取りで、城の主が近づいてくる。

「起こしたか」

「大丈夫よ。今帰って来たの？」

「ああ、少し寄り道をしていた」

窓辺に佇むガルシアの姿は、月光を浴びていつも以上に神々しい。

彼の銀色の髪は月の光に照らされると蒼銀に輝いて見える。人ではあまり見ない光彩は、やはり神話の世界に登場する生き物なのだと伝えてくる。

セレスティーンは寝台を下りた。寝すぎて少し頭痛がするが、瞼の重さは先ほど起きたときほどではない。顔のむくみはまだ気になるが、ガルシアならさほど気にしないだろう。

――なんて声をかけたらいいの……。

不思議だ。身体を何度も重ねているのに、こうして静かに向き合うことを気恥ずかしく感じるなんて。

けれどこうして顔を見られてほっとしている。やはり自分はガルシアの姿が見えなくて寂しかったのだとはっきり自覚した。

――会いたかった。

素直な感情が溢れて来る。無性にガルシアに抱き着きたい。

一歩、二歩と彼に近づく。その様子をガルシアはじっと黙って見守っていた。

手を伸ばせば触れられるほど距離が縮まった。夜目がきくクルゼの一族は、星や月の灯りさえあれば薄暗い中でもはっきりと見える。

見たところ竜王は怪我を負っていない。服の下まではどうなっているかわからないが、血の臭いはしないし、傷などはついていないようだ。

ほっと小さな息を吐く。

「お帰りなさい」

予想外の言葉だったのか、ガルシアは二、三度瞬いた。

――まさかこういうとき、なんて答えるかわからないの？

辛抱強くガルシアの返答を待つ。彼はなにかを探すように考え込んでいたが、じっと見つめているとようやく口を開いた。

「ただいま……？」

最後に疑問符がついているのがおかしくて、ふふっとセレスティーンは笑みを零した。

悲しいことを思い出しても、笑うことができている自分に安堵する。

衝動のままガルシアの胸に飛び込んだ。自分から彼を抱きしめる。

布越しに竜王の動揺が伝わった。意外にも彼の服からはお日様の匂いがした。

「ごめんなさい……でもありがとう」

抱きしめていた腕を放して、彼を見上げる。長身の竜王と至近距離から目を合わせるのは首が痛くなるが、セレスティーンは構わず彼の金色の目を見つめ続けた。改めて、彼を美しいと思った。以前ガルシアに「この顔は好きだろう？」と言われたことがあったが、その通りだと思う。でもそれは見た目だけではない。

「何故」

そのようなことを言われる理由はないと思っているのだろう。

「あなたは私が強く助けを求めたから、その声を聞き入れて助けてくれたんでしょう？」

自分の気持ちを言葉にして説明するのは難しい。けれど察してほしいなんて思っても、きっとガルシアには伝わらない。

セレスティーンはひとつずつ順を追って説明していく。自分の記憶を整理しながら。

「それなのに、私は肝心の記憶を失っていた。あなたのことを無理やり城に連れてきた人攫いと言い、私を番だと突然言われたときもなにを言っているんだろうと思ったわ」

けれど番というのは今でも意味がわからないとガルシアに伝える。

本能でわかるのは竜族だけで、人間であるセレスティーンには感知できないのだ。そのことを忘れずにいてほしいと言うと、彼は素直に頷いた。

「私のことを攫ったわけじゃなかったし、私があの日の記憶を失っていると知ってもあえて言わないでいてくれたんでしょう？」

もしすべての記憶を持ったままこの城に連れてこられていたら、竜王を拒絶することもなかっただろうが、生きる気力もなかっただろう。食欲が湧かないからと、食べることを拒絶する自分が想像できる。

「乙女の純潔を賭けの条件に出してきたり、毎晩の激しい行為や、首を噛んだりするのはひどいと思うけれど、それが私が差し出せる唯一のものだったのなら仕方ないわ」

番の体液が竜族にどれほどの価値があるのか、セレスティーンにはわからない。だがあれほど執着するくらいなのだから、きっと相当おいしいはずだ。

自分の身体が目当てなのかもしれないと思うと、ちくんと胸の奥が痛む。それは自分が彼の心を欲しているからだ。心ごと好きになってほしいと思っている。

「あとは、私がどこにいても日没になると迎えに来てくれることとか、必要なものがあったら用意してくれたり、物置部屋みたいなところで気絶してしまったときも寝台に運んでくれたのよね。ありがとう……それに、あなたは今朝、私の望みを叶えに行ったのでしょう？」

口にはしなかった望み。だがあれは確実に自分の本心だった。

報復をしたいかと問われ、したくないとは思えなかった。自分と同じくらい、いやそれ以上の苦しみを味わえばいいと思ってしまった。

家族だったのに、そう思っていたのは自分たちだけだったのか。どこまでが本当でどこからが嘘だったのか、ユアンの心はどこにあったのか。

ずっと傍にいたのにユアンの心がわからなかった。もしかしたらずっと一人で苦しんでいたのかもしれない。もしくは彼はクルゼを嫌いだったのかも……。

悔しさや悲しみ、家族を奪われた憎しみがごちゃ混ぜになる。自分たち家族を壊してすべてを奪ったイルキシアの王は、到底許せるものではなかった。

その、セレスティーンの葛藤を含めた気持ちは、ガルシアに見透かされていたのだ。

彼の大きな手をきつく握る。少し体温が低くて骨ばった男の手だ。

守るための手を汚させてしまった。身内の不始末は自分でなんとかすべきなのに。

――本来、私がユアンともう一度向き合うべきだった。時間をかけて考えて、彼の心を確認するべきだった。だって私はお姉ちゃんだもの。

あの日までユアンは弟だったのだ。一番傍にいて、仲のいい姉弟だったのだ。

無条件で味方でいられるほど、彼がしたことは到底許されるものではない。だがせめて事情をすべて把握してから決断を下すべきだった。けれど、報復をしたいかという問いに、したくないと言えなかった。結果竜王に委ねたことになる。

「……ごめんなさい」

ガルシアに頼ってしまった後悔と罪悪感が押し寄せる。たとえ人間とは違う理のもとに生きているとしても、誰かを傷つける真似をさせたいわけではなかった。

この城から去ることは不可能になった。少なくとも、ガルシアの傍から離れられるとは思っていないし、もう離れる意志もない。今では彼の傍にいたいと思っている。

彼と共に歩む覚悟が決まる。掴んだ手を放さないように、セレスティーンはガルシアの手をキュッと強く握った。

黙って聞いていたガルシアの表情は変わらない。だが握った手を握り返してくれる。

感情表現は豊かではないが、心がないわけではないのだ。それをもうセレスティーンはきちんとわかっている。

「今日、あなたがしてきたことを、全部聞かせて？」

ガルシアは言うつもりはなかったかもしれない。けれど、聞かなくてはいけない。これは自分の罪なのだから。

するとガルシアは少し逡巡した後で、ぽつりぽつりと話しだした。

「……イルキシアの王都を見てきた。国は貧富の差が激しく、王都周辺の畑にはろくに作物が育っていない。それは単純に土壌が悪いだけではなく、人の恨みが集まった城から出る瘴気《しょうき》が影響しているようだった。だからイルキシアの風通しをよくするために掃除をしてきた」

セレスティーンは今の王のことはよく知らない。だが、ユアンが言っていたことから察するに、独裁的な狂人だったのだろう。

「王を殺したの？」

「人に恨まれた数だけ、苦しみを与えてきた。随分と恨みを買っていたようだから、向こう数年は地獄の苦しみを味わうだろう。それをすべて体験してからようやく死が訪れる」

セレスティーンが想像していた以上の報復だ。

「……ユアンはすぐに見つけられた？」

「さほど時間はかからなかった。命乞いをすることなく、最後まで笑っていたな」

いつも穏やかに笑っていた義弟。どこまでが演技だったのか、今となってはわからない。あの日々が偽りだったとは信じたくないが、もう二度と笑い合う日は来ないのだ。

最後までということは、ガルシアがユアンの命を絶ったということだ。その光景を想像し、キュッと唇を引き結ぶ。

「恩を仇で返し、村に放火しただけではなくそなたの家族を殺害した。我の番から大事なものを奪った罪はそう簡単に償えるものではない。だが、まだ子どもであることと、王の勅命に逆らえなかったのだろうことを考慮して、苦しまずに殺してやった」

「そう……」

姉さん――と無邪気に呼ぶ声が脳裏に蘇る。だが、その声もすぐに消えた。

「あの国のことは忘れよ。時間はかかるだろうが、……そなたには我がいる」

最後の言葉に、胸に込み上げるものがあった。

明確に慰めてくれているのだとわかる。家族を失っても、自分はひとりぼっちではないのだと改めて伝えられた気分だ。

「……あなたが無事でよかった」

ガルシアはセレスティーンの片手を握りしめて、もう片方の手で彼女の艶やかな黒髪に触れた。

そして唐突にぽつりと言葉を零す。

「番の望みは我の望み。だが、多少の打算はあった。願いを叶えれば、そなたは我の傍から離れられまい」

金色の双眸が揺らぐ。吸い込まれそうな瞳の奥には僅かな翳《かげ》りが見えた。

頬に触れてきた手が顎にかかり、ゆっくりとすべり落ちて首筋をすっと撫でた。

「私が、罪悪感を覚えるから？」

「そうだ」

確かに、罪悪感を覚えている。実行したのは竜王だが、確かにそれを望む未熟な自分がいた。

「罪の意識に押しつぶされそうになるそなたを救えるのは我だけであろう？」

仄暗さを孕んだ微笑はひどく美しかった。セレスティーンの心になにかが芽生える。

彼に求められることが心地いい。自分はこの月の化身のような男に囚われたいと思っているのだろうか。

「もう、私はどこにも行かないわ。行けるところなどないもの。でも、あなたが私に傍にいてほしいと思っているのは、私が大事な食糧だから？」

「そなたの精は確かに極上だ。しかし食糧だと思ったことはない」

「では私をどう思っているの？　私が番だから欲しいの？」

竜族の本能に従うなら番だから欲しいと答えるだろう。だがそれでは満足できない。

――私、この人が好きなんだわ。

他の人に譲るなんて考えられないほどに、彼の傍を離れたくない。番という自覚はないけれど、彼の特別な存在であり続けたいと思った。

「番だから我にそなたの声が届いた。番でなかったら、城に連れて帰ることはなかっただろう」

彼は言葉を飾らない。嘘もごまかしもない。それがセレスティーンには好ましかった。

「ひ弱な存在だと思う。すぐに身体を壊し怪我をする。少し歩いただけで疲労し、軽く腕を握っただけで肌に痣が浮かぶ。だが、我らとは違い、一日を大切に過ごしている。生命力に溢れる姿は、眩しくて美しい」

竜王に美しいと言わせてやると宣言した日を思い出す。望んだ形とは少し違ったけれど、胸の奥が熱い。

身体を強く抱き込まれる。それだけで、セレスティーンはもう十分だと思った。

「我はそなたが欲しい。そなたが番で良かったと思う。多くは望まぬ。共に生き、共に死ぬ。それが我の願いだ」

セレスティーンは背中に腕を回し、ギュッと抱きしめた。たとえ自分が先に死んで彼がひとりになっても、孤独を感じないほどの愛情を注げるようになりたい。

「私も、あなたと一緒に生きたいわ。私がおばあちゃんになっても、ずっと傍にいてほしい」

——あれ、ガルシアはもうおじいちゃんなのかしら。

正確な年齢はきっと本人も覚えていなそうだ。千年以上生きている彼が、竜族の年齢でどのくらいの歳なのか見当もつかない。

──見た目は若いわよね。私より十歳上ぐらいにしか見えないけど。

腕の中からガルシアを見上げる。当然、その顔にはシミや皺などまったくない。

「ガルシアはもうおじいちゃんなの？」

するとガルシアは奇妙な顔をした。目を縁取る銀色の睫《まつげ》毛が微かに揺れる。

少し考え込み、答えが出たらしい。

ガルシアは僅かに唇の端を上げた。

「そなたの質問への答えは否。年寄りには、毎晩番を抱くことなどできまい」

「……っ」

あまり張り切らなくていいと切実に思う。

気恥ずかしさから目を泳がせる。けれど、熱くなった顔を両手で包み込まれ、片目ずつに触れるだけの口づけを落とされた。

「ん……っ」

「目の腫れは引いたようだが、まだ冷やしておいたほうがいい」

「え？」

なんとなく違和感を抱いた。まるで腫れた顔をしっかり見たかのような……。寝起きの顔を見たのはアッシュだけなのに。

身体を離し、ガルシアが洗面所へ向かう。戻って来た彼の手には濡れた厚手の布があった。

寝台に誘導され、横になるように言われる。仰向けに寝そべると、目の上にその布をそっと置かれた。

ひんやりと冷たくて心地いい。顔のむくみもこれで幾分は解消されるだろう。

鼻と口を塞がないように気をつけながら、セレスティーンは先ほど感じた違和感を口にする。

「私の顔そんなにひどい？」

「今はそうでもないがな」

「まるで寝起きのひどい顔を見ていたような言い方ね」

「見たからな。いつの間にかそなたの相棒気取りでいるあの兎……あやつは我の化身だ」

「……化身？」

化身とは一体なんだろう。

「我の力を分け、身体の一部を分け与えたものだ。兎とは五感を共有できる」

「……兎が見たり触れたり聞いていたことは、全部あなたにも伝わっているということ？」

「そうだ」

「……っ！」

なんてことだ。アッシュと竜王の五感が共有されているなど、予想もしていなかった。

兎が何故城に棲みついていたのか納得する。勝手に迷い込んだわけではなく、もしかしたらはじめは自分の監視が目的で傍にいるよう指示されていたのかもしれない。

――つまりアッシュを抱き上げたらガルシアも私の体温を感じていたってことで、身体を洗ってあげたときもガルシア自身が洗われている気分になっていたってこと？

それはとても恥ずかしい。だからあのとき兎が洗われるのを渋っていたのか。

かーっと顔が熱くなる。ふわふわもこもこな兎を抱きしめていたのが、彼にも伝わっているとは思いもよらなかった。

「目覚めたときにいつもアッシュが傍にいたのもあなたの命令？」

「あやつの自主性でもある。心配していたのだろう」

「あの子が今朝、私の顔を見てわかりやすく動揺したのは？」

「……我が驚いたわけではない」

なんとなく、あのときの顔を思い出されている気がする。いつもと同じ低音の美声に笑い声が混ざっているように感じるのは被害妄想だろうか。

「本当に？」

「本当だ。どんな姿でもそなたはかわいらしい」

「……っ！」

突然褒められて、咄嗟に反応が遅れてしまった。かわいらしいと言った竜王の顔をしっかり見ておけばよかったと思う。だが今は、濡れた布で半分隠している自分の顔も赤くなっているだろう。

照れているのを知られたくなくて、気になったことを問いかける。

「でも、化身に身体の一部を与えたって、一体なにを分けたの？」

「心臓だ」

「え？」

「竜王の心臓は四つある。そのうちの三つを外に移し、この身体には人間同様ひとつのみだ。化身には我の心も分けている。兎には、我がもう不要だと思っていた寂しさや、子ども時代に抱いていた感情や純真さなどだ」

確かにアッシュは兎にしては人の言葉を理解するし、少し違うと感じていた。たとえるなら小さな子どもと同じような特徴だ。

「それなら他のふたつはどこに？」

「……」

僅かな躊躇いを感じる。だが数拍の後、ガルシアは「鴉と水晶玉だ」と簡潔に答えた。

サッと血の気が引いた。鴉は中庭の大樹の下で砕け散り、水晶玉は兎と出会った日に粉々に砕けた。

どちらも風に流されて、欠片すら残っていない。

「私……、どうしよう。あなたの心臓を……」

起き上がろうとするセレスティーンをガルシアが留まらせる。少しぬるくなった目の布の上に手が置かれた。

「そなたはなにも悪くない。壊すために利用したのは我だ」

「利用……って、私を？」

「そうだ」

「でも、いくら長命の竜王でも心臓が欠ければ身体に負担が出て来るんじゃ……。今後の寿命に影響しないの？」

「竜族の心臓は番にしか壊せない。兎が水晶玉を抱えていたのは想定外だったが、その結果そなたが我の願いを叶えた」

――まさか自分では触れられない、壊せないから私に壊させた？

「水晶は剝き出しの心臓で、化身には動物の身体で防護をかけている。身体で守られていない水晶はとても繊細で脆い。そのため少し指先が触れただけで砕けた。化身はそう簡単には壊れないが、確か鴉は羽が弱点だったか」

「それじゃ、アッシュは？」

「そなたが名を与えたため、希薄だった存在が定着した。急所に触れたとしても簡単には消えぬ。あやつは頑丈だ」

それを聞いてほっとする。アッシュも鴉同様、自分が消してしまったらどうしようかと思った。

攻撃的な鴉にはガルシアが抱く負の心がこめられていたのだと言う。きっと彼がひとりで生きる上で不要だと判断した心をそれぞれの化身に移していたのだろう。

「私はあなたの願いを叶えられたの？」

濡れた布をどけて、寝台に腰かけるガルシアに問いかける。

「ああ」

はっきり肯定された。知らない間に相手の寿命を削る手伝いをさせられていたのに、セレスティーンは不思議と怒りを感じなかった。それが彼の心からの望みだったとわかるからだ。

「セレスティーン」

ふいに名前を呼ばれると、少しだけ胸がトクンと跳ねる。

「熱が出ている。自覚はあるか」

「……言われてみれば少し。身体が怠くてぼうっとするかも」

一日中寝ていたのに、まだ睡眠を欲している。

もっといろいろ話したい。訊きたいこともたくさんある。

けれど、これから話す時間はたくさんある。身体の疲労はガルシアの力で取り除けるが、心の疲労はきちんと休まない限り回復しないのだという。

「今はゆっくり休め。我はそなたの傍にいる」

ガルシアに続き、アッシュの鳴き声もした。自分もいるよと主張され、セレスティーンはふふっと小さく笑う。

心に負った傷を癒やすには時間がかかる。けれど彼らの傍にいたら、ひとりでいるよりもずっとその傷は早く回復する気がした。

「ありがとう」

傍にいてくれる頼もしい番と相棒に、セレスティーンは感謝した。

# 第七章

目が覚めると水を飲み、少し果物を食べてからまた眠る。セレスティーンの身体はひどく睡眠を求めていた。

意識が戻ると近くに必ずガルシアかアッシュがいた。嫌な夢を見て目が覚めたときに彼らの姿を見つけると、胸の奥に広がっていた不安が消えていった。

そうして数日が経過した。

熱は下がり、身体の怠さも随分良くなった。眠っている時間が短くなり、食欲も湧いてきた。ガルシアはセレスティーンの体調不良は心の疲れのせいだと言っていた。起きている時間が長くなってきたということは、心が回復してきているのだろう。

「……こんなに寝込んだのはどれくらいぶりだろう？」

体力も筋力も、村にいた頃と比べてだいぶ落ちているのがわかる。

セレスティーンは、これまで健康だけが取り柄で、寝込んだことなどほとんどなかったというのに。

それでもたまに体調を崩したときは、ユアンが薬湯を作ってくれた。それを飲むとたちどころによくなったものだ。

思い出が蘇り、意識が過去へ引っぱられそうになるのを堪える。深々と、大きな息を吐いた。

「……もういないんだった」

胸の奥にぽっかりと穴が開いている。それは家族や村のみんながいた場所で、この開いた穴を修復するにはもっと時間が必要だろう。

もう過去を振り返ってはいけない。そう思い込もうとするが、ふとした瞬間に視界が滲む。

「……無理に我慢する必要はない。そなたの心が回復するまで、心のおもむくまま、自然に身を委ねていればいい」

ガルシアは、じっくり言葉を選び、時間をかけて労りの言葉をかけてくれた。

彼の言わんとすることを推測しながら会話をしていた頃と比べると、随分進歩したと思う。彼は甲斐甲斐しく世話をしてくれ、思いやりを見せる。そんな小さな発見をするたびに、互いに信頼が深まっていく気がした。些細な言葉に勇気づけられ、視線が合うだけで胸が小さくトクンと鳴る。

くすぐったくて、心地いい。安心感に包まれている気分になった。

彼の優しさに応えようと、少しずつ身体を動かし、今ではだいぶ歩き回れるようになった。

続きの間まで歩き、窓に近づくとカーテンを開く。この部屋は中庭が覗ける場所にあった。

「……あれ、今って冬だっけ？」

先日よりもさらに葉が落ちている気がする。

まだ少しは緑色の葉も残っているが、ほとんどの葉が落ちて枝が剝き出しになっている。

城の中は適温で動きやすい。この間中庭に出たときも、風がなかったし空気も冷えていなかった。

そのとき、キィ、と扉がゆっくりと開かれる音がした。「ガルシア？」と声をかける。

現れたのは彼ではなく、ぽてぽてと跳ねる兎のアッシュだった。けれど、いつの間にかもこもこなモップになっている。

「あなた、また汚れてる？　家具の裏で昼寝してたの？」

出会ったときと同じくらいかそれ以上だ。

「あんなに丁寧にブラッシングもしていたのに……」

当の本人は感謝などしていなかっただろうが。仕方がないから構われてやってもいい、と思っていたかもしれない。

顔周りの汚れを落とそうと短い前脚でごしごしこすっている姿はかわいいが、その前脚は綺麗だとは言えず、余計汚れを広げていそうだ。

「ねえ、アッシュ。ガルシアはどこ？」

「きゅっ！」

タレ耳がぴこんと反応した。竜王と同じ金色の双眸がどことなく非難しているように見える。僕のことよりもそっち？　と目で訴えているようだ。なんだかじわりと目に涙が溜まっている気もする。

――子どもの頃のガルシアもこんな感じだったのかな。

自由で寂しがり屋で甘えん坊。悲しいときには泣いて、楽しいときには笑う。

確かガルシアの子ども時代をアッシュに分け与えたと言っていた。感情が豊かで純真な心だ。白い毛が汚れてしまっているのは、ガルシアの手を汚させてしまったこととなにか関係があるのだろうか。

考えすぎかもしれない。どこまで本体と化身が同調しているのか、ただの人であるセレスティーンにはわからない。

「きゅいきゅーい！」

兎の鳴き声がだんだん激しくなってくる。相棒を蔑《ないがし》ろにするのはあまりよろしくないだろう。

「ごめんね、あなたにも心配かけたわ。いつも傍にいてくれてありがとう」

耳がぴくぴく反応していた。こちらの出方を窺うように見上げている。

――少し散歩をするのもいいかもしれない。

疲れたら休めばいい。どこにいたって竜王が見つけてくれるだろう。

セレスティーンは寝室に戻り、着替えを探した。先ほどまでは夜着の替えしかなかったのに、寝室に戻るとドレスが置かれていた。有能な竜王の眷属が用意してくれたらしい。

締め付けの少ないドレスに袖を通す。髪の乱れを軽く直し、扉付近で見守っているアッシュの傍へ寄った。

「ガルシアのところまで散歩がしたいから、案内してくれる？」

案内、という言葉に兎のタレ耳がぴょこんと揺れた。あなたにしか頼めないの、とも付け加える。

すると、背後にいるセレスティーンを振り返りながら、アッシュが移動をはじめた。

「ありがとう」とお礼を告げて、セレスティーンは久しぶりに城の内部を散策することにした。

しかし、少し歩くと異変に気づく。

城がまともだ。通路にきちんと終わりが見える。以前探索していたときのような、どこまでも続いているのでは？　ということがなくなっていた。

階段を下りると下の階に行ける。至極当然のことだが、それがおかしい。

アッシュを呼び止めて窓の外を確認した。中庭の大樹を見ると、先ほどより根元に近づいている。

「まともだわ……」

どういうことなのかと首をひねるが、これなら迷うこともなさそうだ。目的の部屋にも簡単にたどり着けるだろう。

セレスティーンはほっとして兎の後を追う。赤い絨毯が敷かれた階段を下り、案内されるまま進むと、開放的な大広間にたどり着いた。天井にはシャンデリアが煌めいている。

二階まで天井が吹き抜けだ。舞踏会が開けそうな大広間をぐるりと囲むように、二階部分にはセレスティーンの腰よりも高い手すりが備え付けられている。自分たちはその二階の一画にいた。

――ガルシアの声。と、誰？

大広間を覗き込もうと手すりから少し身を乗り出したとき、ガルシアの声が聞こえてきた。奥まったところにある豪奢な椅子に腰かけている。

その前には一組の男女。共に正装姿と思しき恰好だ。あまり馴染みのない民族衣装が似合っている。

「セレスティーン」

ふいにガルシアに名を呼ばれた。

自分がここにいるのは気づかれていないと思っていたが、しっかりばれていたらしい。

来客中に邪魔をしてしまって申し訳ない。気づかないふりをしてこのまま去りたいが、名前を呼ばれたらそうもいかないだろう。

男女が振り返る。男性の腕の中には小さな赤子がいた。

寄り添う姿から察するにこの二人は竜族の夫婦なのだろう。

「こんにちは。邪魔をしたみたいでごめんなさい」

アッシュを回収してさっさと立ち去ろう。そう思ったが、兎の姿が見当たらない。彼に頼んだのはガルシアのもとまでの案内だったから、もう役目は果たしたと思って遊びに行ったのかもしれない。

そのとき、竜王が見事な跳躍力を見せた。優雅に手すりを越え、いつの間にかセレスティーンの目の前に立っている。

「え……っ」

驚いている間に横抱きにされ、身体がふわりと浮かんだ。

「きゃあ……っ」

浮遊感は一瞬のこと。また重力が戻ってくる。

それから、コツコツと歩く音がして、目を開けた。目の前の男女は微笑ましそうにこちらを見ている。

「番のセレスティーンだ」

セレスティーンを横抱きにしたまま、ガルシアは先ほどの椅子に腰かけた。つまりセレスティーンは見ず知らずの人たちの前で、竜王の膝に乗せられてしまったのだった。あまりにも恥ずかしくて下りようともがくが、腰に回った片腕に動きを封じられる。

「これはこれは、随分と若くかわいらしいお嬢さんですね」

気分を害した様子もなく、少しからかいを含んだ声で言われて、顔が火照《ほて》る。

「は、はじめまして……」

なんと言葉を返したらいいのか悩んだ末に、出てきた台詞は無難なものだった。

そんなセレスティーンを、彼らはますます嬉しそうに見つめる。

外見の年齢はまだ若い。ガルシアと同年代だろう。赤髪の男性は大柄で剣士のような風貌をしている。隣の女性は金色の髪に空色の瞳を持つ美女で、物静かな印象だ。

腕の中の赤子は男の子だろうか。目の色はわからないが、髪は父親の赤色を受け継いだらしい。今はすやすやとよく眠っている。

「竜族は子どもが生まれると竜王に会いにくる。名をもらうためだ」

ガルシアがわかりやすくセレスティーンに説明をした。

「竜王が竜族の子どもに名前を与えるの？」

「そうだ」

「ガルシアの名前は先代の竜王に与えられたの？」

「陛下だけではないですよ。私も、私の番も皆そうです」

彼らもまた、先代の竜王に名前を授けられたのだと言う。

竜族は、一番力の強い者に名を授けられれば、子どもも健やかに育つということらしい。

――竜族は個人主義で、いろんなところに散らばって住んでるって言ってたけど、こういうところには種族の絆を感じるわ……。

子どもの名前をつけるというのは責任重大だが、素敵な仕事だと思う。普段自由に暮らしている竜族が、子どもが産まれたときだけ、こうして竜王に会いにくる。そのときのために、竜王は城に住み続けるのかもしれない。

竜族の者たちは、自分の名前を忘れない限り、竜王のことも忘れないだろう。

「お二人の初めてのお子さんなんですか？」

「はい、ようやく授かった我が子です」

竜族は子どもができにくいとガルシアも言っていた。

こうして名づけの依頼があるのも、百年に一度あるかないからしい。そのくらい低い確率でしか子どもは生まれないのだ。

「かわいいでしょう?」

豪快な笑顔の似合う男性は、腕の中で眠る小さな赤子を愛おしげに見つめている。彼の妻もまた、慈しみに溢れた目で赤子を見つめていた。

暖かい光景だ。人間も竜も、大切な者を想う気持ちは変わらない。心が優しい気持ちで満たされていく。

「とってもかわいいわ……。お父さんに似て、きっとかっこよく成長しますね」

「ありがとうございます」

竜族はみんなガルシアのように口下手だと思っていたのに、赤髪の男はとても気さくで話しやすい。ふふふと笑い合っていると、腹部に回る腕に力がこめられた。後頭部に手をそえられ、額をガルシアの肩口に押し付けられる。

「な、なに?」

突然の謎の行動に、背後の二人が静かに驚く気配が伝わってきた。

振り返ろうとするが、頭を押さえつけられてしまう。なにやら竜王の機嫌が悪い。

「おや、陛下が嫉妬とは珍しい」

「嫉妬などしていない」

ガルシアが嫉妬しているというのはどういうことだろう。

――話に入れなくて嫌だったとか？

そんなことで機嫌を損ねるだろうか。しかしなにやら背後で美女が苦笑している。

「竜王陛下のそんなお姿は初めて見ましたわ。大切な番が見つかって、安堵しました。番の女性をどうか大切になさってくださいませ」

彼女の柔らかな声音につられて、ゆっくりと顔を上げる。

至近距離から見上げたガルシアの顔は、いつもどおり無表情に見えるが僅かに柳眉が寄せられていた。苛立っているわけではないようだ。どちらかというと少し照れているような……。

――え、まさか照れてるの？

とてもわかりにくいが、目尻がほんの少し赤い。

視線が合うと、ガルシアはすぐに顔を背けた。思いがけない一面を見て唖然とする。

「腕を外してくれる？　下りたいの」

「……」

外す気配がないどころか、さらに力をこめられた。腹部に回った腕は強固な檻のようだ。

「ガルシア」

今度は静かに名前を呼ぶ。

すると、渋々腕が外される。仕方がないからこちらの要求を呑んでやろうという心情が伝わって来た。

——やっぱり、アッシュは飼い主に似たと言うより、ガルシア自身なんだわ。

そっくりな彼らに笑いが込み上げて来る。セレスティーンはようやく身体の自由を手に入れて、目の前に佇む竜族の二人に近づいた。

「お恥ずかしいところを見せてしまってごめんなさい。息子さんのお名前は決まったんですか？」

「ええ、とても素敵な名前をいただいたわ。竜王陛下から賜《たまわ》った加護に感謝します」

母親の声に反応したように、赤子が目を開けた。

まん丸な目は好奇心に満ちていた。瞳の色は母親の空色を受け継いでいる。

愛くるしく笑う赤子を覗き込むと、赤子はふいに笑顔になった。

その表情につられてセレスティーンもふにゃりと笑う。なんてかわいいのだろう。赤子は皆を笑顔にする。

セレスティーンは幼い頃から、村にいた近所の子どもたちの面倒をみていた。穏やかな日々の記憶が蘇る。

記憶の中の彼らの笑顔を思い出し、ズキンと胸が痛んだ。じわりと目が潤んだが、そんな姿を客人に見せてはいけない。

心が過去に飛びそうになるのを堪えて、目の前の小さな命に微笑みかけた。

「あ、あー」

赤子がなにやら言いながら、小さな手を伸ばしてきた。自分を抱えている父親の腕を蹴っている。やはり男の子だ、元気がいい。

「俺よりも若いお嬢さんのほうがいいようですね。よかったら抱いてもらえますか？」

「いいんですか？」

男性がちらりとガルシアの反応を窺った。セレスティーンも背後を振り返る。

さすがに自分が名づけた赤子を抱くななど、狭量なことは言わないらしい。小さく頷いたのを確認する。

腕の中に抱いた赤子は、ご機嫌に笑っていた。

「かわいい……人見知りしないんですね」

「セレスティーン様のことが好きみたいですね。とてもご機嫌だわ」

ほのぼのとした空気を壊すように、ガルシアが一言「やらぬぞ」と呟いた。それを赤毛の男性が苦笑しながら宥めている。

竜族の子どもも人間の子どもと変わらない。爬虫類《はちゅうるい》のように卵から孵《かえ》るのではなく、母親の胎内で育って生まれるらしい。

とはいえ、妊娠期間は人よりも長く十八か月ほど。個人差はあるらしいが、それでも長い時間を生きる竜族にしてみたら、その期間もあっという間なのだろう。

「さあ、そろそろ帰りましょうか。ユアン」

「……っ！」

赤子を父親に返したときに告げられた名前に耳を疑った。名残り惜しそうに声を上げている赤子は、ユアンと名づけられたらしい。

——ユアン……？　それが赤子の名前なの？

どうして？

ガルシアを振り返るが、彼はセレスティーンを一瞥しただけだった。

「ダレン、ルーシェ。息災であれ」

「ありがとうございます、竜王陛下」

恭《うやうや》しく腰を折る。竜族の礼なのだろう。

あれほどどこにあるのかわからなかった城の出口は、この広間のすぐ近くにあった。

正面扉の前は、竜が羽を伸ばせるほど広々としている。城の出口から見えた景色はどこまでも深い森。山の上に城が建っているのがよくわかる。

ダレンと呼ばれた男が竜に変化した。日の光を浴びて、赤い鱗がキラキラ光る。

続いて赤子までが幼竜に変化した。この歳で変化ができることに驚く。人が竜になった瞬間を初めて目の当たりにし、セレスティーンはしばし言葉を失った。

「人よりも竜のほうが身体が頑丈なんですよ。この子はまだうまく飛ぶことはできないので、こうして背にくくりつける必要がありますが」

ダレンの背中にしっかりとした素材の二本の紐がくくりつけられる。その先端は輪っかになっており、幼竜の四肢に通して身体にしっかり結びつけられた。

自分で飛ぶことができない幼い竜は、こうして飛行する親に運ばれるのだとか。早いうちから飛ぶことに慣れたほうがいいのだと、ルーシェが説明した。

赤子の準備が整うと、彼女も目の前で変化する。空色の瞳と青い鱗の、理知的で優しそうな竜だ。髪色が必ずしも鱗の色と同じになるとは限らないらしい。

「今度はゆっくり遊びに来てください」

――私が生きているうちに。

その気持ちをこめて彼らを見送る。二頭の竜と小さな幼竜は、あっという間に大空の彼方へ姿を消した。

背後にガルシアがいる。だがセレスティーンは振り返ることができずにいた。

顔を見た瞬間に、なんで？　という疑問が溢れて止まらなくなりそうだったからだ。ガルシアがなにも考えずにユアンの名を与えたわけではないと思うが、それでも何故その名を選んだのかセレスティーンにはわからない。

優しく幸せだった気持ちが、今は沈んでいる。忙しなく変化する自分の心に、セレスティーン自身もついていけていない。

今はひとりになったほうがいい。そう思ったのに、ガルシアは許さなかった。

「どこへ行こうとしている」

「城のどこかよ。山を下りたりはしないわ」

山の下は深い森だ。竜族であれば飛行できるのでまったく問題ないだろうが、人間は違う。セレスティーンが歩けば確実に迷ってしまうだろう。

セレスティーンはガルシアに庇護されている。彼がいなければこの城の敷地の外には出られないし、逆にこの城にいるから安全も守られている。

けれど少し距離を置きたいときはどうしたらいいのだろうか。自分の気持ちを整理するための場所が欲しい。

そんな考えなどお見通しのように、ガルシアがセレスティーンの手首を握った。

少し低い体温が伝わってくる。自分の行動を遮る彼に苛立つ。

「なに？」

「言いたいことを言わずに逃げるのは許さぬ」

手を引かれ、先ほどと同様に横抱きにされる。ガルシアはそのまま城内へ戻った。

突拍子もない行動についていけない。身体の自由は制限され、意思とは関係ない場所へ運ばれる。コツコツとガルシアの足音が、寒々しい通路に響いた。

「下ろして」

「まだだ」

「どこへ行くの」

「そなたが休めるところだ」

先ほどの部屋に戻るのか。

さほど時間もかからず、セレスティーンが休んでいた部屋に到着した。寝台ではなく長椅子の上に下ろされる。

「茶を用意させる」

その一言で、彼の眷属は動きだしたのだろう。どこでなにをしているのかはわからないが、すぐにお茶が用意されるに違いない。

長椅子に背を預け、身体を横たわらせる。自覚していなかったが、少し疲れが出ていた。近くにあった大き目のクッションを抱き寄せる。いつの間についてきていたのか、アッシュが長椅子の下からこちらを見上げていた。

「きゅい」

アッシュは一声上げてから長椅子に飛び乗ると、セレスティーンの足首を前脚でタシンと叩いた。攻撃しているのではなく、彼なりの気遣いだろう。大丈夫？　と目で窺ってくる。

「アッシュ、いたのね」

「きゅっ！」

忘れていたなんてひどい！　と、数度タシタシ叩かれる。今度は少し恨みがましい気持ちがこめられているようだ。

そんなふうに兎とやり取りをしていると、もやもやとしていた心が落ち着いてくる。胸に抱いていたクッションをどけてアッシュを抱き寄せる。ぬくぬくとしていて安心する。頑固に絡まった毛はごわごわしていて汚れも気になるが、今夜きちんと綺麗に洗ってあげよう。

もぞもぞとセレスティーンの胸のあたりで動いていたアッシュは、ちょうどいい場所を見つけたらしい。だが、満足そうに胸の中央に顔を埋めて眠ろうとしたその時、上から伸びてきた手が毛玉を摑み上げた。

「キュイッ！」

なにをする！　という抗議に、セレスティーンは閉じていた目を開けた。ガルシアがアッシュの耳を片手で摑んで持ち上げている。ぞんざいな扱いにアッシュが抗議の鳴き声を上げていた。

「やめて、かわいそうよ」

横たえていた身体を起こす。短い脚をバタバタと動かし、アッシュはガルシアの手から逃れようとしていた。

「そなたは我の番だろう。何故こやつをかばう」

「かばうもなにも、兎相手になにを言ってるの？　それにアッシュはあなたの化身でしょう？」

「許せぬものは許せぬ。一度わがままを許せばつけあがるぞ」

「兎を抱き寄せたのは私よ。アッシュは悪くないわ」

そう言うと、ガルシアは渋々手を放した。ぼてん、とアッシュが床に落ちる。

ぴょこぴょこ跳ねながら、アッシュはカーテンの裏まで逃げてしまった。巻き込まれるのはごめんだと思っているのかもしれない。

――悪いことしちゃったわ。

後で謝って、好物の果物を分けてあげよう。

この部屋にセレスティーンを連れてきた後、姿を消していたガルシアは、どうやら眷属に用意させたお茶を運んでくれていたらしい。

近くにポットとティーカップ、茶菓子ののったワゴンが用意されていた。甲斐甲斐しくティーカップにお茶を注いでくれる。

白磁のカップに赤く澄んだ色の液体が注がれた。花の匂いがする。薔薇の花びらとハーブが混ざった香茶だ。

「二人が持ってきた」

ダレンとルーシェのお土産らしい。

お礼を言い、カップに口をつける。どこか異国の香りがするのは、あの二人が別の国に住んでいるからだろうか。

――すっきりしていて、でも少し甘くて飲みやすい。おいしい……。

あの二人とはもう少し話をしてみたかった。この城に来て、竜王以外と話すのは初めてだった。訊きたいこともあるが、それはまたいつかの機会になる。

――ユアン……。

苦い気持ちになった。あの赤子に何故ユアンの名を与えたのか。

カップの香茶を半分ほど飲むと、セレスティーンは目の前の長椅子に腰かけている竜王をじっと見つめる。

少しは彼の心に触れられたと思っていた。彼との距離も縮んだとも。

だがそれは間違いだったのかもしれない。近づいたと思っていたのはセレスティーンのほうだけで、ガルシアは変わっていないのかもしれない。

けれど、失望するのはまだ早い。彼なりの考えをきちんと聞こう。

セレスティーンは飲んでいたカップをソーサーに戻す。陶器の当たる音が小さく響いた。

「何故ユアンという名前を与えたの？」

金色の双眸と目が合った。その静かな眼差しをセレスティーンはまっすぐ受け止める。

互いに必要なのは相手の心に触れること。なにを考えなにを求めるのかを話し合うのだ。譲り合う精神だけでは対等な関係は築けない。どちらかが我慢するのではなく、互いを尊重し認め合う関係でないと、この先わかり合える日が来るとは思えない。

「……赤子に名を与えるときは、赤子と目を合わせ、その者に一番相応しい名を魂から引き出す。その者の能力と生命力を高め、弱さを補い、竜王の加護を最大限に受けられる器にする名前だ。二人の赤子の名を鑑定した瞬間、浮かんだのがユアンだった」

嘘も偽りもないと感じる。

そんな方法で名づけているとは思いもしなかった。きっと竜王にしかできないことなのだろう。

「我も躊躇した。もう一度鑑定をしようかとも思ったが、やめた」

「……どうして？」

「それは我の私情であり、二度目を行えば正確性に欠けるからだ。両親であるダレンとルーシェに選ばせることもできたが、あの二人も困るだろう。こちらの事情を伝える必要もない」

確かにその通りだ。セレスティーンもガルシアの立場なら同じことを思うだろう。

理性では納得できる。だが感情が邪魔をする。ユアンを思い出してしまうからだ。あの赤子がユアンの生まれ変わりだなんて思っていない。それでも、純粋にあの赤子をユアンと呼んで微笑みかけられる自信がない。

関わりのない人間がたとえイルキシアの王と同じ名前を持っていても、きっとここまで嫌だとは思わない。そう思うのは彼らとの縁が結ばれてしまったから。

「だが我はこうも思った。ユアンという名はクルゼが与えた名前だろう。そなたの家族や一族が愛情をこめて呼んでいた、そなたの弟の名前だ。ユアンはそなたの弟であり、村を焼き払ったのはイルキシアの王弟。我が殺したのもユアンではない、イルキシアの王族だ」

ユアンがクルゼによって保護されたとき、彼は記憶を失っていた。それが演技だったと気づいたのはすべてが失われた後だったが、名前も居場所も失っていた少年に、セレスティーンの両親は新たな名を授けた。

ずっと家族の一員として接していた。薬師見習いとして頑張っているユアンに、一族は皆好意的だった。彼がユアンとして過ごした五年間は、大切な家族との思い出としてセレスティーンの心に根付いている。

大切な家族だったのだ。その気持ちまで否定するのはつらかった。

ガルシアはそれをわかってくれているのかもしれない。

「我はユアンに加護を与えた。あの赤子はそなたの弟の生まれ変わりではないが、そなたの弟であったユアン同様、家族からの愛情を受けすくすくと育つだろう」

胸の奥でくすぶっていたなにかが浄化される。先ほどまでの嫌な気分は消え、心の穴がまた少し小さくなった気がした。

涙腺は相変わらず感情の制御が利いていない。ぽろぽろと頬に涙が伝い、ドレスにしみを作っていく。

「そなたはすぐに泣くな」

「……っ、泣かせているのは誰？」

泣きたくて泣いているわけではない。止める方法があるなら教えてほしい。

セレスティーンはすっくと立ち上がり、ガルシアに近づいた。彼が座る長椅子の隣に腰かける。

「泣かせたんだから責任取って。私の涙は無駄にしないんでしょう？」

涙に濡れた目でガルシアを見上げると、彼は目を瞠った。セレスティーンの言葉の意味を正しく受け取ったようだ。

「そのとおりだ。番の雌に涙を流させた責任は、雄がきっちり取るものだ」

顎に指がかかる。軽く持ち上げられ、ガルシアの舌先で涙を舐めとられる。くすぐったさと同時に背筋が震えた。

柔らかな口づけが顔中に振ってくる。両方の目尻に唇が押し付けられ、溜まっていた涙の雫を吸い取られる。

自分では止め方がわからなかった涙が、ガルシアの口づけで勢いをなくす。彼に触れられているだけで、自然と止まっていた。

顔への口づけの雨は次第に止んでいき、代わりにセレスティーンの唇に狙いを定めてくる。

「……そこに涙はないわよ」

「別のものをいただこう」

数日ぶりの口へのキスは優しく甘かった。

体調を崩して寝込んでいた間、ガルシアが行為に及ぶことはなかった。甲斐甲斐しく看病をしてくれて、セレスティーンの体調を慮った。

言葉は少ないが、彼の口づけは慈しみに溢れている。愛を知らないと言っていたとは思えないほど、ガルシアはとても愛情深い。

口内に舌を迎え入れる。激情をぶつけるような情熱的なキスではなく、ひたすら優しくて気持ちがいい。

己の唾液が全部舐められてしまうような錯覚に陥る。舌同士が柔らかくこすれ合うと、緩やかに官能が高まっていく。

セレスティーンはうっすらと目を開けた。至近距離で金色の双眸とぶつかる。自分の表情も仕草もすべてを見つめられていたと知ると、よくわからない羞恥心が湧き上がった。

「……っ、ガルシア」

「なんだ」

「何故目を閉じないの？　……恥ずかしい」

「そなたが感じている顔が見たい」

「っ！」

直球な言葉を返されれば返事に困ってしまう。

よくも悪くも、ガルシアはとても率直だ。言葉が足りずに推測しながら会話を進めていた頃に比べて、今は己の気持ちを正面からぶつけてくれる。

きっと彼は嘘を言わない。隠し事はあるだろうが、自分と話すときは誠実であろうとしてくれている。それが好ましくて、嬉しくて、セレスティーンはガルシアの首に腕を回した。

「好きよ。私はあなたが好き」

「……」

ガルシアはゆっくりと瞬いた後、目を瞠った。

彼の心に気持ちが届くまでの変化が楽しい。無言で驚いている姿も、セレスティーンの心の奥に満足感を与える。

――目尻が赤い。あ、目を逸らした。

気持ちを伝えるのは気恥ずかしいと思っていたが、不意打ちを食らった彼の変化を見るのは楽しい。かわいいと思ってしまう。

先ほど自然と口から零れ出た言葉はセレスティーンの本音だった。言った後に、「好き」という言葉を伝えたのはこれがはじめてだと気づく。

心の穴がじわじわと温かなもので埋まっていくのを感じる。ガルシアの表情を変えられたのが嬉しくなる。

「あなたは？」

ガルシアの膝をまたいだ。先ほどはあんなに恥ずかしかったのに、大胆にも自分から彼の膝にのり、その肩に両手を置く。

答えなどわかりきっている。それでも言葉が欲しい。

そういえば村に住んでいた姉代わりの友人が、女はどんなときも言葉が欲しい生き物なのだと話していた。男は態度で示しているからいいだろうと思っていることが多いのだとか。

――恋人がいなかったからわからなかったけど、当たっているわ。私もちゃんと言葉で聞きたい。

視線を逸らすことは赦さないという意志を瞳にこめると、ガルシアがこくりと喉を鳴らした。セレスティーンの腰に腕を回し、己の胸へ抱え込む。

「……そなたを手放したくない」

「うん」

「そなたの笑顔が見たい」

「うん」

「そなたの心が欲しい」

「うん、あげるわ」

――私が持っているものは全部あげる。

抱きしめられたまま顔を上げる。目を細め、視線を逸らそうとするガルシアの頬をガシッと両手で固定し、鼻が触れ合う近さで正面から見つめる。

「私の心も愛も、あなたにあげる。私があなたに与えられるものは全部与えたい。あなたが今まで孤独に生きてきた時間も癒やせるように。死ぬまであなたの傍にいるわ」

「……そなたが死んだら我も死ぬ」

残されるのは辛い。死ぬときは一緒がいいと彼は言う。セレスティーンにはその望みを否定することはできない。

彼は十分に生きてきた。番に寿命を縮めさせるほどにこれ以上の生を望んではいない。

「番が死ねば、残された竜族の心も死ぬ。我らは心が死ねば化石になる。やがて自然に還り、ふたたびこの世に生を受ける。そうして命が循環する」

さすが竜族。化石になってしまうのか……と妙なところで感心する。

「だが竜王は、たとえ番が死んでも次代の王が現れるか、寿命を迎えるまでは死なない。心が死んでも肉体は生き続ける。化石になるのは肉体が死んだ後だ」

まだ後継者が現れる気配はない。そのため寿命を削りたかったのだろう。

――それなら私はなるべく健康でいて、天寿をまっとうできるように長生きしなくちゃ。彼に生きる希望を与えられるように。

「ねえ、ガルシア。これからは私と一緒に大切なものを増やしていきましょう。ガルシアの手は多くを守るためにあるのだから」

生まれた竜族の赤子に名を授けるのも、加護を与えて赤子の健やかな成長を祈るため。そうして守られている竜族は少なくはないだろう。

「私があなたの赤ちゃんを産めるかはわからないけれど、もし授かったらあなたがお父さんになるのよ」

「我が父親……」

まっ平な腹部に視線を向けられる。残念ながら妊娠している兆候はない。

ふふっと笑いが込み上げた。幸せな笑いだと思った。

いつかそんな未来が来たら、この城はもっと賑やかになるだろう。もう竜王がひとりぼっちになることもない。

「それで？　私への気持ちは？」

　肝心な言葉をまだもらえていない。忘れたわけではないとガルシアに言うと、今度は目を逸らさずに答えた。

「セレスティーン。我はそなたに恋をしている」

「――ッ」

「そなたの声も表情も、すべてがかわいらしく映る。その目で見つめられるだけで満たされる。そなたの幸せを願いたい。だが同時に、そなたの全てを独占したいと思う。きっとこれは恋であり、やがて愛に変わるだろう」

　――ああ、もう。

　好きという一言よりも嬉しい。胸がいっぱいで言葉にならない。

「ありがとう、私もあなたに恋をしているわ。あなたの幸せが私の幸せに感じる頃、私もあなたを愛している」

　またじわりと涙が込み上げてくるのに堪えて、ギュッとガルシアに強く抱き着いた。

◇　◇　◇

　それから、穏やかな時間が流れた。

セレスティーンの体調はすっかり良くなり、体力も戻ったある日。ガルシアが突然部屋を訪ねてきた。

「好きな花？　私の？」

「そうだ」

「たくさんあるけど、城の庭園に植えるの？」

中庭の庭園には大きな木があるだけだ。他にも城の庭園はあるらしいが、まだそちらには行ったことがない。

「城ではない。そなたの故郷だ」

「え？」

「花を植えてはどうかと思う」

セレスティーンの星空の瞳がまん丸に見開かれた。

予想外の提案に驚きを隠せない。

――村に花を植える。焼け野原になってしまったあの場所に。

記憶を失くした後、当然ながらあの地には戻れていない。どんな惨状になっているのかもわからない。

だがもし焼け跡になにか残っているのなら、家族や一族の形見が見つかるかもしれない。

――そうだ、お墓……。

ひとりずつの墓を作ることはできないが、それでもなにかを作ることができたら……。

「お墓の代わりに、花を植えるの？」

「そなたが嫌なら無理には言わない」

「嫌じゃないわ……。嬉しい」

村一帯に植えるのは難しくても、時間をかけて増やしていけばいい。

あまり手がかからず、生命力が強くて、綺麗に咲く花。

「雛菊《デイジー》……」

白い花弁に黄色の花芯。家の庭にも植えられていた花を思い出す。

「花言葉は確か、希望と平和なの」

家の跡地一面に雛菊が咲く光景を想像する。青空の下に咲く花はとても綺麗だろう。

「そうか。では雛菊の種をまきに行こう」

「私も行っていいの？」

「無理強いはしない」

ガルシアはセレスティーンの気持ちの整理がつくまで故郷に戻らないほうがいいと言うが、彼女は即答で「行きたい」と返した。

「大丈夫、もう記憶を失くしたりはしないわ」

「それは心配していないが、無理はさせたくない」

「ううん、無理じゃない。ありがとう」

優しく笑いかけると、ガルシアの目尻が柔らかく下がる。冷たい印象は消え、今は微かだが笑みを見せることもあった。

そんな彼の変化が嬉しい。

「きゅい」と間に割って入るように声をかけられる。タシン、と前脚で靴を叩いたのはアッシュだ。セレスティーンがしっかり毛を手入れしているおかげで、アッシュの毛並みはふわふわだ。しかし毛色は不思議なことに灰色になっている。どんなに洗っても毛色が白に戻ることはなかった。

色が変化することなどあるのだろうか？　普通の兎ではないので、恐らくそんなこともあるのだろう。

「アッシュはお留守番よろしくね」

「きゅっ！」

僕も連れてってくれるんじゃないの!?　と驚愕の表情を浮かべている。金色の目が潤み始める。

ひとりでお留守番と言ったことがそんなに衝撃的だったのか。

寂しがり屋な兎に留守番をさせてもいいものかとガルシアを見上げるが、彼は無情にも留守番を命じる。

「お前を連れて行っても役に立たぬ」

「ぴっ！」

「翼を持たぬお前を、セレスが抱えることになる。初めての騎乗でお前の面倒までみさせるつもりか」

「きゅい……」

タレ耳がどんどん下がっていく。目にはこんもりと雫が溜まり、ついに決壊した。床にうなだれてしまったアッシュの足元には、どんどん水たまりができていく。

ぼたぼたと床に涙を零す姿が痛々しい。ガルシアの声が冷ややかなのも輪をかけて怖い。

——ちょっとかわいそうになってきた……。

だがガルシアの言い分は至極まっとうだった。

セレスティーンは今回初めて竜の背中に乗せてもらう。慣れない上にかなり恐怖もあるし、自分でもどうなるか想像がつかない。

安全性を考えてガルシアは慎重に飛んでくれるだろうが、セレスティーンは自分以外の誰かを気にかける余裕などないはずだ。兎が自分の面倒をひとりでみられるなら別だが。

——かわいそうだけど、ここは納得してもらわないとね。

なおも正論でアッシュに言い聞かせるガルシアを制し、セレスティーンは悲劇に浸っているアッシュを抱き上げる。涙で毛がしっとり濡れていた。

兎はきゅいきゅい泣きながらセレスティーンの腕にしがみついてなにかを訴えてくる。背中の毛を撫でながら声をかけた。

「今回は連れて行けないけど、私たちが植えた花が綺麗に咲き始めたら一緒に行きましょう。雛菊がたくさん咲いている光景を必ず見せてあげるわ」

ぴくん、とタレ耳が反応する。

セレスティーンの声に惹かれてアッシュが顔を上げた。涙で潤んだ蜂蜜色の瞳をまっすぐ向けてくる。

「嘘じゃないわ、約束する。次はあなたも連れて、私の故郷を案内してあげる」

「ぴ……」

ガルシアは黙っているが、少し呆れている気配がする。そんなにそやつを甘やかすことはない、とでも思っているに違いない。

——でも仲間外れは寂しいものね。

このふわふわな毛が抜け落ちてしまっても困るので、セレスティーンはきちんと兎にも役目を与えることにした。

とはいえ、所詮兎の身ではできることが限られてくる。

——寝ることと食べることと埃塗れになること以外、なにができるんだろう……。

今考えると城内の案内役は適任だったのかもしれない。いささか回り道が多かった気がするが、そもそも城内を把握していないセレスティーンにはわからない。

——兎の習性を考えると、穴を掘ることとかなにかを齧ることとか……。

涙が止まってきたアッシュを見つめる。ガルシアを仰ぎ、先に許可をもらうことにした。

「ねえガルシア、城の庭の一画にも花を植えてもいい？」

「構わない」

「ありがとう」

許諾を得たので、再度アッシュに視線を合わせた。

「ではアッシュ、私たちが不在の間、あなたにお仕事を与えます」

「きゅい？」

「お城の庭にも綺麗な花を咲かせたいの。でもそのためには土をふかふかにしておかなければいけません。雑草を取り除いて、種を植えられる状態にしたいから、その花壇作りをあなたにお願いします」

「きゅ！」

タレ耳がぴょんと跳ねた。これは喜んで受けてくれるということでいいのだろうか。

「泥まみれになってもいいかと言っているぞ」

ガルシアが訳してくれる。仕事を命じたのに何故か泥遊びができると期待しているらしい。

アッシュの涙は止まっていた。目が輝きだしたので、セレスティーンは苦笑するしかない。

「まあ、仕方ないわよね……。土いじりをお願いしているんですもの。いいわよ、好きなだけ泥んこになっても。ただし！　その状態でお城の中には入らないこと、私たちが戻ってくるまで外にいること」

「きゅうきゅい！」

「返事だけはいい……」

若干ガルシアが呆れているが、受けてはくれたらしい。

兎にも納得してもらえたので、ガルシアに花壇作りができる庭の一画へ案内してもらった。城の中庭にある大樹と同じ敷地だ。

大樹はやはり春を待つ冬の木のように、ほとんどの葉が落ちている。セレスティーンがはじめに見たときと比べて、生命力は半分程度にしか感じられない。

その木から少し離れた場所に花壇を作ることにした。雑草が生えて土も硬そうだ。ところどころに石もある。

「まずはこれらを取り除いて、土も柔らかくしてもらおうかしらね」

任せて！　と言うふうにアッシュがやる気を見せている。

泥まみれになった兎を洗うのは大変そうだなと思いつつも、綺麗に花を咲かせる中庭を想像し、セレスティーンは微笑んだ。

◇◇◇

翌日、セレスティーンはアッシュを残してガルシアの背にのり、初めて城を出た。

竜の姿をした彼は、日の光もよく似合う。月光色の鱗がきらきら光る姿は美しく、ほうっと感嘆の吐息が漏れた。

ガルシアの背に鞍を取り付け、用意されたクッションや手綱をしっかり握る。飛び上がるときの浮遊感は緊張と恐怖をともなうものだったが、それよりも竜王の城を頭上から見下ろし驚愕した。

「ええ!?　お城小さくなってない？」

塔の上から確認したときとは比べ物にならないほど、建物が随分小さく見えた。

中庭と城内にいたときは気づかなかったが、塔もいくつか消えている。今では大き目な貴族の屋敷という表現が相応しい。

「このくらいがちょうどいい」

羽を羽ばたかせながらガルシアが答える。確かに、二人で暮らすには十分な広さだ。

竜王の力で増築されていた城は、彼の寿命が縮んだことで縮小されたのだろうか。

元々はこれが竜王の城の原型で、代々の竜王の力によって城が変化するのだとガルシアは言った。竜王と城にはそんな繋がりがあるのか。ますます不思議な建物だ。

森や山を越え、セレスティーンは遠く地平線に輝く青い海に心を躍らせた。

海を見たのは初めてだ。どこまでも続く広大な海の先にはなにがあるのか。考えるだけで期待が膨らむ。

空を飛ぶ恐怖より、好奇心が勝っていた。地上からでは決して見ることができない景色を堪能していると山間が見えて来る。

建物がすべて消えていても、育ってきた村がわからないはずがない。

ガルシアが地上に降り立つと、セレスティーンは慎重にその背から下りた。くくりつけていた鞍と手綱をどかし、地面に置く。一拍後、竜化を解き、ガルシアが人型に戻った。服はきちんと身につけている。

「身体は？」

「うん、明日は筋肉痛かも」

思ったよりは疲れていないが、慣れない筋肉を使ったので明日動けるかわからない。

二人でゆっくり歩いて、セレスティーンはすぐに気づく。土は真っ黒になっているが、綺麗に片付いているのだ。

瓦礫《がれき》が散乱していることもなく、ただ焼け野原があった。

「ここが村の井戸……。それならあっちがマーサの家」

——そのすぐ隣がサリー叔母さんの家で、向かいがセルジオおじさんとミラ姉さん……。

セレスティーンは駆け足になる。

記憶を辿り、ひとつずつ確認する。

村の中心部には日時計があった。石で作られたそれはかろうじて残っている。時計が指す時間はちょうど正午。一族の皆が集まり、昼の休憩を楽しんでいた時間だ。

「……っ」

今にも彼らの声が聞こえてきそうだ。笑い声に騒がしい声、収穫したばかりの野菜を分け合い、山羊の乳で作ったチーズを食べて、夜は星を読み未来を視る。

天候が崩れていなかったら、星が綺麗に見えていたら、この惨劇は防げたのだろうか。

いや、読めぬ日を狙って犯行に及んでいたのだから、きっと先延ばしになっただけ。

彼らと共に生きてきた日々を決して忘れたりしない。黒くなってしまった土を一歩ずつ踏みしめながら、流れる涙を袖で拭った。

「ガルシア」

後ろを歩くガルシアに呼びかける。振り返らなくても彼はきちんと傍にいるのがわかっていた。セレスティーンは何度目になるかわからない感謝の言葉を口にする。

「瓦礫や焼けた家を片付けてくれたのはあなたでしょう？　ありがとう」

「……我だけではない。竜族の仲間に手伝ってもらった」

あの日、ガルシアがイルキシアの王城へ奇襲をかけた後、彼は召集した竜族とともにこの地に降り立った。

痛ましい焼け跡をこのままにしておけば土地が汚染される。失った命があまりにも多く、弔《とむら》いもせずに放置するのは好ましくない。

だから手分けをし、瓦礫をすべて撤去したそうだ。竜族がそれぞれ風と土の眷属を使えばそう難しいことではないらしい。被害に遭った人間の骨も土に還す。焼けずに残った僅かな遺品は、一か所にまとめて保管したという。

「だが、そなたの家だけは手をつけなかった。我らが触れていいものか判断しかねたからだ」

村の中心部から少し離れた場所にあるセレスティーンの実家は、確かにそのまま残されていた。屋根も柱も崩れ、原形を留めているものを探すほうが困難だが、ガルシアの心遣いに礼を言う。確かにここは自分の手で触れたい。

「……ただいま、父様、母様、じい様」

玄関があった場所で声をかけた。彼らの遺体はまだこの家の中に埋まっているのだろう。骨の一部だけでも見つけられたらいい。もしくは彼らの遺品が残っていたら、それを墓地に埋めてあげよう。

「……種まき、一日で終わりそうにないかも」

「何度でも来ればいい。この地は他の者には決して荒らさせぬ」

「そうだね、ありがとう」

ガルシアが風を起こし、邪魔な瓦礫などを撤去する。記憶を頼りに二階部分にあたる主寝室を慎重に探った。

小さな骨の一部を見つけた。それが両親のどちらのものなのかはわからないが、布袋にその骨を入れた。

――本も全部焼けちゃった……。

クルゼにしか保管されていない貴重な本も、先祖代々書き綴られてきた星読みの知識も。お金にはかえられない唯一無二のものがすべて消えた。

「あ、羅針盤」

特殊な鉱石で作られた羅針盤は、クルゼの民が成人したときに贈られる。方角を読むだけではなく星を読むときに使われるものだ。

少し煤けているが、奇跡的に無事だった。両親の部屋で見つかったものだ。父親が長年愛用していたものだろう。

「よかった……無事で」

セレスティーンのものより一回り大きな羅針盤を大事に胸に抱えた。今後はこれを使って星を読もう。

他には黒焦げになった指輪も見つかった。これは母親が指につけていたものだ。こちらも煤を落としたらまだ使用できるだろう。

いくつか見つかった遺品と骨を分ける。そして代々一族の者が入る墓地へ向かい、家で集めた三人分の骨を一か所にまとめた。

「ここから見えるところに花を植えるから。きっと春になったら満開の雛菊が見れるわ」

三人の墓を作り、手を合わせる頃には夕闇が迫っていた。

やはり一日ですべてを終わらせることは無理だった。焼け野原になった土が生き返るのも少し時間がかかるだろう。

「帰ろう、ガルシア。アッシュも待ってるわ」

「……そなたはあやつを少し甘やかしすぎだ」

「そう？　……ふふ、なんだか子育てしてるみたいね」

「あれは子ではない。少なくとも我とともに八百年は生きている」

竜王が千年以上生きているのだからアッシュもそのくらい生きていて当然なのだが、やはり驚いてしまう。あの兎も随分長生きだ。

もしも子どもができたらこんな会話をするのだろうか。厳しい父親に泣かされた子どもを、自分が宥める姿が思い浮かぶ。

——そんな未来がいつか来るのかな。

村の中心部に戻り、竜化したガルシアの背に鞍をくくりつける。

悲しいだけの土地ではないこの場所に幸せを与えるように、いつか一面の花畑にしよう。

「またね」と囁いた声は、風の中に掻き消えていった。


城に戻った頃にはすっかり日が暮れていた。今宵は綺麗な満月がよく見える。

持ち帰った荷物はガルシアに預け、セレスティーンはまっすぐ中庭へ向かった。言いつけを守っているなら、兎はこの場で自分たちを待っているはずだ。

「アッシュ？　どこー？」

月と星灯りに照らされた中庭を歩く。後ろにガルシアがひかえていた。

花壇を作る予定の場所は、丁寧に雑草が取り除かれていた。土もふかふかになって掘り起こされている。多少でこぼこしていたり穴が深いところもあったりするが、とてもよく頑張ってくれた。

きちんと仕事をしてくれたアッシュをたくさん褒めてあげなくては。周囲を見回しても姿が見えない兎を探していると、ガルシアが、熟睡している兎を片手で持ち上げていた。

「木の根元で寝ていた」

耳を摑まれているのにまったく起きない。随分疲れているらしい。

アッシュは、ぷう、ぷう、と妙な寝息を立てながら寝ている。夜空の下でもわかるほど、その毛は泥まみれだ。

「寝ている間に洗ってあげようかしら」

少々かわいそうだが、そのままガルシアに浴室まで運んでもらう。アッシュの姿は兎ではあるが、竜王の化身であるため身体は頑丈なのだとガルシアは説明した。

「心配することはない。こやつは我が生きている限り命を落とすことはない」

化身に対して扱いが雑なのはそういうことか。だが浴室の洗い場にぼとんと落とすのはどうかと思う。

落とされた衝撃でアッシュが目を開けた。前脚で顔を拭い、セレスティーンとガルシアがいることに気づく。

「きゅい！」

「ただいま、アッシュ」

ぴょんぴょん飛び跳ね、セレスティーンの足元をくるくる回る。

こんなにも自分たちに会えて嬉しいのだと微笑ましく思っていたが、兎の心がきちんと理解できるガルシアが呟いた。

「こやつ、林檎を寄越せと言っている」

「……お腹が減ったのね」

なんとなく寂しいが、お腹がすくのは仕方がない。

「きちんと仕事をしてくれてありがとう、アッシュ。明日にでも花を植えましょう。頑張ってくれたご褒美に林檎はあげるけど、まずは泥を落とすわよ」

「きゅっ……」

仕方がない、洗われてやってもいい。

なんとなくそんなふうに言われた気がしたが、もしかしたら、先に林檎を寄越せと言っている可能性もある。しかし自分にはわからないので気にせず洗ってしまうことにする。

泥まみれの兎を綺麗に洗った後は、自分たちの番だ。

一日中外にいたために、全身汗をかいている。浴槽にはたっぷりの湯がはられていて、いつでも入れる状態だ。

「じゃあ私もお風呂に……」

「我が手伝おう」

——え、ひとりで入りたいんだけど……。

ガルシアとお風呂を共にするのは久しぶりだ。いや、素肌を見せるのもいつ以来だろう。セレスティーンが寝込んで以来一度もそういった行為をしていない。

妙な緊張感が漂う。だが、どぎまぎしているのは自分だけだろう。

彼はセレスティーンの乙女心など気にしていない。豪快に衣服を脱ぎ、肌を晒す。長年ひとりで生きていた弊害か、前々からどうも彼には羞恥心というものがないのではないかと感じていた。もしかしたら竜族の特性なのかもしれないが。

「脱げないなら脱がすぞ」

「えっ！　いえ、自分で……っ！」

自分で脱ぐと言っているのに、ガルシアは甲斐甲斐しくセレスティーンの世話を焼こうとする。ドレスを脱がし、下着にまで手をかけてきた。

顔を真っ赤にさせて抵抗するが、聞く耳を持たない。「早くせねば湯が冷める」と正論で諭してくる。

――なんでそんなに平然と……。

髪の毛で胸だけでも隠したい。どちらにしてもすぐに全部見られてしまうだろうが。

「先に汚れを落とす」

あっという間に全裸にされて、身体に湯をかけられる。十分に濡れたところに、ガルシアは花の匂いがする石鹸を手に取り泡立て始めた。

たっぷりとした泡をセレスティーンの身体にこすりつけてくる。首から肩、腕、脇から胸へとその手はだんだんと下へ向かっていった。

「……っ、ガルシア。私自分で」

「遠慮はいらぬ」

「遠慮してないわ」

そう言ってもガルシアはなかなか引かない。

「兎を洗って疲れているそなたを労りたい」

「お気持ちだけで結構です……って、ひゃあん」

不埒な指先が胸の頂をかすめた。何度も往復されると、先端がぷっくりと主張をしはじめる。

吐息に甘さが混じる。しばらく感じたことのなかった熱が身体の奥に溜まっていく。

まだ湯に浸かっていないのに、熱気を感じてのぼせてしまいそうだ。胸のまるみを掌で揉まれ、柔らかく形が変えられる。

泡をこすりつけられた真っ白な胸の頂上だけが、赤い実のように腫れて顔を出していた。

身体を洗われているだけなのに卑猥な光景に見えてしまい、セレスティーンの下腹がずくんと疼く。

「ガルシア……」

名前を呼ぶ声にも甘さが混じった。そんな変化を彼が見逃すはずがない。

「セレス、はじめにどこを洗われたい？」

恋をしているとガルシアが告げた後から、彼は自分を愛称で呼ぶようになった。その変化がくすぐったくも嬉しくて、より心の距離が縮まった気がする。

浴槽の縁に腰をかけさせ、その前にガルシアが跪いた。彼の雄が隆起しているのが視界に入る。

天を向くその欲望にセレスティーンは官能を高められ、こくりと喉を鳴らした。

「わからない……」

「ならば今日一番使った足にしよう」

片足を持ち上げられる。つま先からかかとまで、丹念に泡をこすりつけられていく。指の一本一本まで丁寧に洗われて、くすぐったくて足を引っ込めたい。

「ん……っ」

「小さな足だな」

確かに、ガルシアの片手にすっぽり収まってしまう。足首だって彼の片手で摑める太さだ。ガルシアの男性的でたくましい一面に胸が跳ねる。

右足、左足から徐々に泡が広げられていく。ふくらはぎは筋肉をほぐすように揉まれ、ついに太ももにまでガルシアの手が伸びてきた。

「ガルシア、もうそれ以上は大丈夫だから」

「ダメだ。一番疲れが溜まっているのは太ももと臀部《でんぶ》だろう」

セレスティーンは馬にだってひとりで乗れる。ガルシアの背中は馬よりも振動が少なかったが、やはりはじめての騎乗に緊張していた。彼が言う通り下半身に疲れが溜まっている。

ガルシアは過保護だ。人間の身体が脆いことを理解しているから、必要以上に心配性になっているのだろう。

——だからと言って太ももとかお尻を揉まれるのは……！

「ダメ、ダメだって……もう恥ずかしい」

「そなたの身体はどこも柔らかい。……ああ、ここも洗わねば」

ぬちゃ、と粘着質な水音が響いた。ガルシアの指が脚の付け根……秘められた泉に触れたのだ。

徐々に官能を高められていた身体は正しく快楽を拾っていた。自分でも潤っているのはわかっている。気づかれないはずがないと思っていたが、直接触れられて羞恥心が増した。

「ガルシア……」

ガルシアの顔が股の間に埋められる。何度されても慣れないことに、セレスティーンは叫びだしたい心境になった。

「甘美な匂いだ」

番の体液が竜に精を与える。それがわかっていても、蜜を舐められると体内にくすぶる熱が激しさを増す。下腹の疼きが止まらない。切なげに、「まだか」と訴えてくる。

——もっと触って……なんて、はしたなくて言えない。

太ももに置かれた手も熱い。肉厚な舌が敏感な花芽を嬲る。舌先でつつかれ歯が当てられ、びりびりした電流が脳髄にまで走った。

「あ、ああ——っ」

「吸っても吸っても追いつかぬな」

じゅるじゅると啜られる音にすら身体が反応してしまう。淫靡な水音が自分の下肢から生じているなど信じたくない。

浴槽の縁に両手をついて身体を支えているが、そろそろ辛くなってきた。

ガルシアの舌先がはしたなく蜜を零す泥濘《ぬかるみ》に差し込まれる。むず痒いようなぞわぞわした震えが湧き起こり、もっともっとと求めたくなる。

——もっと……。

奥まで来てほしい。私を満たしてほしい。

脳が淫らな思考に支配される。理性なんて必要ない。本能が彼を欲しいと求めている。

「ああ、甘さが増した……発情しているな、セレス」

そうだ、自分は間違いなく発情している。

そうさせたのは彼だ。その責任をきちんと取ってもらわなければ。

セレスティーンは足元に跪き奉仕している竜王に、自ら抱き着いた。突然の行動にガルシアが息を呑んだ気配が伝わる。

「セレス？」

しっかり抱きしめてくれた彼の逞しい腕に安心する。けれど、それだけでは自分はもう満足できない。

ガルシアの膝にのり、泡に塗れた上半身を彼の身体にこすりつけた。彼は突然の積極的な行為に驚いている。だがこれはセレスティーンが彼の汚れを落としているだけ。

「私もガルシアを綺麗にしてあげる」

発情を自覚したセレスティーンの声に色香が混ざった。妖艶さの滲む微笑を向けると、僅かにガルシアが息を呑んだ。

「なんと淫らな」

「あなたがそうさせたのよ？」

彼の屹立が腹部に当たる。熱くて硬くて、少しの刺激で爆発しそうだ。

涼しげに見えるが、僅かに柳眉が寄っている。悩ましい吐息を零す姿から、彼も堪えているのが伝わった。

胸の先端が彼の胸板にこすれる。その刺激が気持ちいい。身体を上下に揺すり、彼も自分と同じように泡塗れにしようとした。だが数度繰り返した後、腰をがっしり抱いてきたガルシアに抱き上げられる。

「きゃっ」

ざぶんっ。水しぶきが上がった。

抱き上げられたまま浴槽に移動させられる。身体についた泡はすべて湯に溶けた。

「急に危ないわ」

「身体が冷える」

「冷えていたの？」

「……」

身体の一部はとても熱いはずだ。膝の上にのったまま、セレスティーンはくてんとガルシアに上体を預ける。

昂ってしまった熱をどう下げようか。こうして抱き合うだけでは収まらない。

――彼だって辛いはずなのに。

猛々しい欲望を解放せずにずっと堪えているのは身体に悪いはずだ。だが男性がどうやったら気持ちよくなるのか、経験の浅いセレスティーンにはわからない。

村で姉代わりをしてくれていた女性はなんと言っていただろうか。

――そうだ、確か男性の性器を手で触って、舐めてあげたらいいとか……。

触るのはできると思う。が、舐めるのはどこをどういうふうに？

思案に耽るセレスティーンに気づいたガルシアが声をかけてきた。

「セレス、具合でも……。……っ！」

キュッ、と片手で触ってみる。つるつるでこぼこしている灼熱の杭は、セレスティーンの小さな手では握りきれない。

ガルシアが予想外のことに放心している間に、もう片方の手も使い握りしめる。

「大きい……」

「――ッ」

ざばんっ！　大きな水音が上がった。ガルシアがセレスティーンの身体を引き離したのだ。当然、セレスティーンは彼の男性器を放してしまう。なにかに堪えるように慌てる彼の姿は大変珍しいが、セレスティーンはめげない。

「なにするの」

「っ、それは我の台詞だ」

「私はガルシアに気持ちよくなってもらいたいだけよ。男性は握られると気持ちいいんでしょう？」

「待て、それはどこで仕入れた情報だ」

「村の友人よ。男性は女性に握られたり舐められたりしたいんでしょう？」

広い浴槽内でガルシアが距離を取ろうとする。それが面白くない。

逃げられると追いかけたくなる心理がよくわかった。いつもと逆の立場も悪くないと、セレスティーンは焦りを浮かべる彼を見つめながら思う。

「いきなり舐めることはできなくても……ううん、大丈夫。ガルシアのだったら舐めることも咥えることもできると思う」

「っ！」

至極真面目に言っているのに、ガルシアは信じられない言葉を聞いたとでもいうふうに絶句していた。「咥える、だと……」と茫然と呟いている。何故だかその表情がアッシュと重なって見える。

「でも大きすぎるから先っぽしかできないかも……」

それ以上は言うなとばかりに、ガルシアがふいにセレスティーンの身体を引き寄せた。逃げていたのは彼のほうなのに、今度は抱き寄せてくるなんて忙しい。

唇が荒々しく塞がれる。

性急な動きに、体内でくすぶっていた熱が急速に高まって来た。蕩けるような口づけが気持ちよすぎて思考をも溶かす。

臀部を揉まれ、背中から腰にかけて肌を撫でられる。触れられる箇所に神経が集中する。

口づけられたまま腰を持ち上げられた。先ほど握っていたガルシアの雄が、セレスティーンの秘所に当たる。

「ん……」

「そなたの口を穢したくない。我の痴態を見せるつもりもない」

「それ後者が本音でしょう……ズルい……あ、あぁ……ッ！」

待ち望んでいた熱が入り口に埋まり、隘路をこじ開けてきた。

腰を少しずつ下ろされ、ずずっと押し広げられる。久々に受け入れる楔はいつも以上に熱く、セレスティーンの中を満たしていった。

「アア……ンッ」

正面から抱きしめられたまま受け止めた熱が最奥に当たった。コツンと子宮口にぶつかり、ぞわぞわした震えが走る。

「ンン……っ、はぁ……」

「この場で抱くつもりはなかったのだが。我を煽《あお》ったそなたが悪い」

ガルシアが凄絶な色香を放ちながら掠れた声でそう漏らす。ドクドクと胎内で脈打つ鼓動が聞こえてきそうだ。

何度も抱き合っているのに、心が通じてから繋がるのはこれが初めてだと気づく。純粋に相手が欲しいという気持ちだけで肌を重ねるのは、なんて心地がいいものなのだろう。

愛しさが込み上げてきて、ガルシアにギュッとしがみつく。

「好きよ、ガルシア」

「……っ」

返事をするように彼の雄がドクンと一回り大きくなった。

「セレス……」

金色の瞳がきらりと光る。その目の奥にははっきりと劣情《れつじょう》が浮かんでいた。

「我の番がそなたでよかった。我にはそなただけだ」

「ん……、私も、ガルシアが番で嬉しいわ……。もっとあなたを深く知りたいと思う」

「そなたが望むなら」

「ううん、あなたも望んで？　私だってあなたの望みを叶えたいの。私たちはまだ知らないことがたくさんあるわ。お互い時間をかけて、わかり合っていきたい」

唇が自然と重なり合う。より深く繋がるために、何度も角度を変えて、飽きることなく口づけを深めていく。

ちゃぷちゃぷ水が跳ねる。その音と合わせるように腰が上下に揺すられた。

「あ、ああ……、あぁん……」

キュッと胸の蕾を摘ままれる。指でコリコリと弄られ、反射的に膣をキュッと締め付けた。

「……ッ、悪い子だ」

「ン、だって……、ッ――！」

首筋を甘く噛まれるのもたまらなく気持ちいい。痛みすら快楽に変わってしまう。

溜まっている熱が出口を求める。貪欲にガルシアを求める身体も止められない。

「ガルシア、私もう……」

「好きなだけ達すればよい」

花芯を指で強く刺激された瞬間、セレスティーンの熱が弾けた。

「アア――……ッ」

「クッ……」

胎内に白濁が注がれる。互いの荒い呼吸が耳に心地いい。

くたりと力の入らない身体をそのままガルシアの胸板に預けた。行為の間に湯は少し冷めてしまったが、温まった身体にはちょうどいい。

背中から腰をゆっくり撫でられる。その手の感触を心地よく思いながら身を委ねていると、不穏なことを呟かれる。

「これからは手加減などせぬ……覚悟はよいな?」

彼の唾液に濡れた唇が艶めかしい。すっと細めた目で見つめられ、微笑まれる。

――手加減とは、なんだろう?

熱に浮かされた彼女がそれを思い知ったのは翌朝のこと。

いつまでも起きてこないセレスティーンに痺れをきらしたアッシュに叩き起こされたが、夜通し喘がされた声はガラガラだった。

身体は清めてくれても今回は体力まで回復させてくれなかったらしい。抱きつぶされた

番を甲斐甲斐しく世話するのが雄の役目であると言われ、ガルシアの愛の重さを深く思い知らされた。

　世話をしつつも彼の手は不埒な悪戯をしてきて、安易に煽るのは危険だと身をもって知ったのだった。

# エピローグ

心地の良い風が吹く。あたり一面に咲く雛菊の花畑を嬉しそうに駆けるのは、灰色の毛の兎と、小さな黒竜の子ども。

「アッシュ、お花は食べないでね！　お腹痛くなっても知らないからね！」

そう声をかけるのはかつてこの地に生まれ育ち、焼け跡に花畑を作ったセレスティーンだ。愛しい妻の肩を抱き寄せながら、ガルシアもやんちゃな子どもたちを見守るようにじっと見つめている。

兎と一緒に駆け回るのはセレスティーンとの間にできた息子、エーリアル。幼いながらも強大な力を持っており、ガルシアの後継者としてほぼ確実だろう。

エーリアルが生まれた直後、枯れかけていた中庭の大樹が緑豊かな木になり、赤い実までなっていた。

大樹に実がなったのは、自分が幼い頃に城に連れて来られて以来だ。

ガルシアは幼い我が子を次代の王に育て上げると決めた。

「寒くはないか」

「大丈夫よ、とても気持ちいいわ」

あまり表情が変わらなかったガルシアは、随分と感情豊かになったとセレスティーンに言われるようになった。自覚はないが、エーリアルに見せる顔はすっかり父親のものだそうだ。息子はアッシュと兄弟のように育ちつつある。

春の風が優しく頬を撫でる。

「こんな穏やかな気持ちでこの地を眺められる日がくるなんて思っていなかったわ。ありがとう、ガルシア」

愛しい番が微笑んだ。感謝を言いたいのは自分のほうだと、ガルシアは思う。

「そなたに巡り合えてよかった」

年々美しさを増すセレスティーンの肩を撫でながら、心からの気持ちを伝えた。

彼女の星空の瞳は残念ながらエーリアルには受け継がれなかったが、セレスティーンはまだ若い。これから息子に弟か妹が生まれる可能性もあるだろう。

黒髪に金色の瞳を持つ息子が番を見つけるまで、恐らく自分たちは生きていない。それまでにエーリアルにはできる限りのことを教えてやりたい。

水晶玉と鴉が消えてもガルシアの寿命は人の倍はあった。だが人を殺めた業を背負ったために、今ではセレスティーンの残り時間と同等しかない。

竜王と一心同体のアッシュも同じく、ガルシアが死ぬときに消えるだろう。毛が灰色に染まったのは、ガルシアが背負う業の影響を受けているからだ。純真な子どものような兎が汚れているときは、ガルシアの心が乱れたときだ。

エーリアルが生まれてから、ガルシアは願うことがある。かつて自分も先代の竜王に言われたように、大切な者には絶望よりも希望を与えたい。いつの日か己の半身を見つけ幸せになってほしい。

ガルシアは、家族の墓の前で祈りを捧げるセレスティーンを見つめた。

彼女の姿を初めて目にしたのは、実は助けを求められた日ではない。

ガルシアはセレスティーンがこの世に生を受けた日に、己の番が現れたことを悟った。全身に電流が走るようなあの衝撃はいまだに忘れられない。

しばらくは無視し続けていた。けれど、どうにも落ち着かず、それならば、見に行かせればいいと思い、鴉を放った。番の少女は家族や周囲の者たちから愛情を受けて、笑っていた。

それから度々、ガルシアは鴉に彼女の様子を見に行かせた。これは単なる暇つぶしだと、心に言い訳をして。だからガルシアは、ユアンが不審な動きを見せていることに気づいていた。

彼がイルキシア王の縁者であることも知っていた。だが静観した。

そもそも興味がなかったからだ。それに、もしも番がよりどころをなくせば、頼るべき存在は自分だけになるのではないか、とも思った。

そして訪れたあの日。すべてを失くした少女を見て、胸の奥がざわめいた。

――これでよかったのか。我は、絶望を浮かべた番の表情が見たかったのか？

戸惑いつつ、しかしそれを喜ぶ自分もいた。

もうこの少女はどこにも行かない。行くこともできない。生かすも殺すも、己次第だと。

故に、セレスティーンがガルシアに罪の意識を抱く必要はない。

ユアンを見逃し、クルゼの一族を見殺しにしたのは己でもある。ならばその責任を取り、後始末をするのも己の務めだ。

とはいえ、まっとうな人として育ったセレスティーンが、ガルシアに対する罪の意識に苦しまないはずがない。だから彼女はその贖罪のためにも、ガルシアと最期まで共に生きるだろう。

結果的に、二人だけの世界に閉じ込めることができた。人を殺める禁忌を犯し、業を背負うなど些末なことだ。

「エーリアル、アッシュ！　お昼ご飯にしましょう」

幼い息子と兎を呼び、セレスティーンは敷物の上に座る。

「ガルシア、なにか食べる？」

「ああ、いただこう」

失ったものは多いが、それでも得たものがある。

大切な女性の愛情と新しい命だ。それらを守るためにも、ガルシアは己の過ちを彼女に伝えることは決してない。

犠牲の上に成り立ったこの平和な日々を失わないために、命が尽きるまで大切な者たちを守ろうと心に決めている。

愛を手に入れた孤独な竜王は、箱庭の城を守り続ける。番の命が尽きる時まで、己が化石になる日まで。

# あとがき

こんにちは、月城《つきしろ》うさぎです。

ソーニャ文庫様からこのたび三冊目の本を刊行させていただくことになりました。お手にとってくださった皆様、ありがとうございます。

今回あとがきのページをたくさんもらえたので、裏話を語りたいと思います。よろしければ本編読了後にお付き合いください。

この話は孤独な竜王が番の少女を城に閉じ込めてしまうという、竜と番の迷宮ファンタジーです。ヒーローは無口なクーデレ、とプロットの時に決めておりましたが、小説で無口なヒーローは難しいですね……割と喋ってもらったかと思います。

竜ってロマンがあっていいですよね。商業誌で竜を出したのはこれが初めてです。

いろいろと個人的な萌《も》え要素をふんだんに詰め込めたかと思います。せっかくヒーローが人外なのだから、人間ではありえない年齢差があって、口調も尊大で、人間との感覚も少しずれてて……の結果がこちらです。

やたらと風呂場がコミュニケーションの場になってしまいました。お風呂のイチャイチャが多すぎる。作中で語っていませんが、竜がきっと風呂好きなのかと。セレスティーンもお湯に浸かる文化育ちでよかったです。

竜王の外見は少し迷いました。銀髪だったら白竜だろうし、でも赤竜や黒竜も捨てがたい。赤竜だと少年漫画のヒーローっぽい熱血な竜王になりそうだし、黒竜だと闇を持ってるヤンデレになりそう……。黒竜のヤンデレも好きなんですが、ちょっと魔王感が強すぎる気が。

しかし今回ヒロインが夜のイメージだったので、黒髪に黒竜はなんか重いということで、白竜になりました。美形な人外だから、絶対長い髪も似合うはずと思った通り、いただいたキャララフが素敵すぎたので正解でした。美形の長髪は人外度がＵＰして美しい。

この物語の舞台は竜王の城です。ほぼ城の中にしかいません。

デタラメな構造をしている迷宮のイメージは、カリフォルニアにあるウィンチェスター・ミステリー・ハウスから。

ウィンチェスター・ミステリー・ハウスは、呪われているという噂のある屋敷です。詳しくは割愛しますが、この屋敷はひたすら増築をつづけ、観光の名所にもなっています。

実は子どもの頃車で行ける距離に住んでいたのですが、一度も行くことがなく素通りしてました……。家族がこういう曰く付きの場所が苦手だったので。まさか十数年後にこうして書くことになるとは思わず、取材目的でミステリーツアーに行っておけばよかったです（笑）。


今回サブキャラがほとんど出てこなかったので、物語の動かし方に悩みました。

プロットの段階では竜王と番の二人きりだけ。兎も出てきません。竜王はコミュ障だし、ヒロインのストレスが溜まりそうだと思い、少し設定を変更した結果が兎と鴉です。

兎を書くのは初めてでした。もふもふを今まで作中に出したことがなかったので、書いてて楽しかったです。不満そうに洗われている挿絵がお気に入りです。

あざかわ要員の毛玉兎は、怠惰で気づくと昼寝をしていて、自由に遊んでは林檎を強請り、「きゅう」と鳴きます。しかし実際の兎はほとんど鳴きませんし、そんなあざとい鳴き声も出しません。ちなみに「キュ――！」は恐がっている時や悲しい時だとか。またタレ耳のロップイヤーは品種改良をされた兎だそうですので、セレスティーンがはじめ兎かどうかわからなかったのも見たことがなかったからです。

竜王が飼ってる兎なので、数百年生きているし頻繁に鳴くというファンタジーな兎だと思っていただければと。あと性別も実はない設定です。

アッシュを表紙と挿絵で見た時、兎が飼いたくなりました……。もふもふは癒やしです。

当初メリーバッドエンドのつもりでプロットを書きましたが、少し違ったところに着地しこのような結末を迎えました。いかがでしたでしょうか？

ヒロインは一生罪悪感を抱えながら二人きりの世界で生きていく、という仄暗いエンディングから、希望を持てるようなエンディングに変更になりましたが、作者としては満足です。

ガルシアは愛情深くセレスティーンを大切にするでしょうし、甲斐甲斐しく面倒をみるかと。一度壁の内側に入れた人物は、ずっと大事にする人だと思います。

セレスティーンは面倒見のいいお姉ちゃん気質な少女で、星読みの族長の一人娘という、貴族令嬢とは少し違ったヒロインになりました。黒髪と、群青に金粉が散った星空の瞳という外見が私の好みで。神秘的なイメージを膨らませてみました。服装はエンパイア風のドレスとブーツで、かわいらしくあり活動的です。ガルシアの衣装もグルジアの民族衣装を参考にさせてもらっています。

もし何事もなかったら、ユアンが恋心を拗らせた頃にガルシアが現れて直接対面していたかもしれない……とか思いますが、それでもきっとセレスティーンは竜王の城に攫われていたかと。竜族が番を攫って囲い込むというのが好きすぎます。無自覚なヤンデレおいしいです。

少ししか出てきていない先代の竜王ですが、この方の性別は途中から女性のイメージで書き上げました。どちらにも捉えられるようにしていますので、皆さまのイメージにお任せいたします。

謝辞を。

イラストを担当してくださった白崎小夜《しろさきさや》様、素敵な表紙と挿絵をどうもありがとうございました！　ガルシアもセレスティーンも、そしてアッシュまで美しく可愛く描いていただき、とても嬉しいです。見ているだけで悶えます！

担当編集者のＹ様、今回も大変お世話になりました。原稿が遅くてすみません……。今回はもう間に合わないいんじゃないかと、お互いひやひやしていたかと思います……。こうして形になったのも、Ｙ様のおかげです。ありがとうございました。

校正様、営業担当者様、デザイナー様、書店様、この本に携わってくださった皆様、どうもありがとうございました。

また読者の皆様にも感謝をこめて。楽しんでいただけましたら嬉しいです。

月城うさぎ

Sonya
ソーニャ文庫

この本を読んでのご意見・ご感想をお待ちしております。

◆ あて先 ◆

〒101-0051
東京都千代田区神田神保町2-4-7 久月神田ビル
㈱イースト・プレス　ソーニャ文庫編集部
月城うさぎ先生／白崎小夜先生

# 竜王《りゅうおう》の恋《こい》

2018年9月8日　第1刷発行

著　　者　月城《つきしろ》うさぎ
イラスト　白崎小夜《しろさきさや》
装　　丁　imagejack.inc
D　T　P　松井和彌
編集・発行人　安本千恵子
発　行　所　株式会社イースト・プレス
〒101-0051
東京都千代田区神田神保町2-4-7 久月神田ビル
TEL 03-5213-4700　FAX 03-5213-4701
印　刷　所　中央精版印刷株式会社


ISBN 978-4-7816-9632-4
定価はカバーに表示してあります。

## Sonya ソーニャ文庫の本

『勝負パンツが隣の部屋に飛びまして』　春日部こみと

イラスト　白崎小夜

Sonya ソーニャ文庫の本

**『誘拐結婚』** 宇奈月香

イラスト 鈴ノ助

Sonya ソーニャ文庫の本

『氷の王子の眠り姫』 荷鴗

イラスト ウエハラ蜂

## Sonya ソーニャ文庫の本

『魔術師と鳥籠の花嫁』　富樫聖夜

イラスト　藤浪まり